LES SEINS DES SAINTES

La collection de romans policiers *Noir Corbeau* bénéficie du regard averti de François Périlleux, Commissaire Divisionnaire (e. r.), ancien chef de la Crime à la Police Judiciaire Fédérale de Liège.

Weyrich sa - 5, route de la Maladrie - Longlier - B-6840 Neufchâteau
32(0)61 27 94 30 • www.weyrich-edition.be

Mise en pages et composition : Weyrich Édition
Imprimé en Europe.

Dépôt légal n° D/2019/8631/13
ISBN 978-2-87489-534-0

CHRISTIAN O. LIBENS

LES SEINS DES SAINTES

Une affaire à l'enseigne du « Pendu de Georges »

NOIR CORBEAU

À mon ami Jean-Paul Deleixhe,

Le métier d'homme est difficile.

Georges Simenon

Caïn se jeta sur son frère Abel et le tua.

La Genèse, trad. École biblique de Jérusalem

Liège,
années nonante

Chapitre 1

Où il nous est confirmé que Lili voulait aller jouer

Lili adore jouer à cache-cache. C'est la grande affaire de chaque promenade au parc de la Boverie. Elle trottine devant sa mère, encombrée par la poussette où s'agite son pleurnicheur de petit frère.
Arrivée la première à la roseraie, elle s'élance vers *ses* statues de vieux barbus. Tous ces morceaux de bonshommes en métal ou en pierre sont si comiquement coiffés ! Un jour, son père lui a expliqué que les bustes représentent des peintres qui ont vécu à Liège il y a longtemps. Le préféré de Lili a une drôle de tête et un drôle de nom : Richard Heintz, comme le ketchup.
Elle se retourne. Sa mère s'est accroupie pour ramasser la tétine du bébé sous une roue. Lili bondit derrière le socle du vieux Richard. Ici, maman peut toujours la chercher ! Ça lui apprendra à ne se préoccuper que d'un marmot qui ne sait même pas parler.
Elle s'adosse à la pierre taillée, étend les jambes sur l'herbe. Elle aperçoit alors un bâton de rouge à lèvres

sous un buisson de forsythias. Quel trésor ! Maman ne veut jamais lui prêter le sien.
Elle écarte les branchages, tend la main. Elle ne peut se retenir de pousser un cri écœuré tant des mouches bourdonnantes lui couvrent brusquement le visage. Zut ! Maman a dû l'entendre. Ce serait trop bête de manquer ce rouge à lèvres !
Elle va saisir le bâtonnet quand elle voit une dame couchée sur le dos. Va-t-elle prendre Lili pour une voleuse ? Heureusement, la dame ne bouge pas, elle a dû s'endormir.
Un instant, Lili se détourne du cosmétique pour détailler la dame allongée. Son jeans blanc est tout taché de traces d'herbe et de terre, mais elle a relevé son tee-shirt sur sa figure. Ses nénés sont tout nus et bien plus gros que ceux de maman. Pourtant, il n'y a pas de tétons au bout, seulement deux coulées rougeâtres sur la peau très blanche. Quelques mouches s'enhardissent à y boire à nouveau.
Lili enfouit le rouge à lèvres au fond de sa poche. Il ne faut pas que maman le trouve.

Chapitre 2

Où l'on découvre que Francis est surnommé Maigret et que Georges est Papa

— Salut Maigret !
— Salut Papa !
Georges Simon et Francis Dangé sont contemporains, mais le flic se plaît à donner du « Papa » au bouquiniste, rapport sans doute à sa barbe de patriarche et à ses malles coloniales sous les yeux. Il faut dire que surnommer « Maigret » un péjiste quinquagénaire resté au rang d'inspecteur depuis un quart de siècle est plutôt vache aussi, un truc du genre « couteau dans la plaie » ou « bottin de téléphone sur le crâne ». Ce qui ne les empêche pas de se retrouver sur quelques marottes communes, comme les Côtes-du-Rhône rouges, l'Histoire liégeoise et la « Simenomanie ». Sans parler des « cochonneries pour vieux gamins », selon l'appellation toute personnelle d'Indépendance, c'est-à-dire les bédés coquines en particulier pour le policier et les *curiosa* en général pour le libraire.
— Tu n'as rien reçu de nouveau ?

— Un bout de nappe en papier… Mais qui risque de te coûter une fortune !
— Fais voir quand même !
— Tu gagnerais même un salaire de divisionnaire que tu ne pourrais pas te payer ça ! Ou alors on fait un échange : ton original de Tillieux contre ceci…
Georges lui tend un portefolio ouvert, solennel comme un prêtre brandissant le lectionnaire.
— Nom de Dieu !
Au feutre noir, Walthéry a agenouillé sa Natacha tout contre la statue de Maigret, statufié sur son banc près de l'hôtel de ville. L'hôtesse est nue, bien sûr, et le commissaire fume tranquillement sa pipe, malgré la gâterie qu'elle lui prodigue. Et ce galopin de Walthéry n'a pu s'empêcher de titrer son œuvre « Ceci n'est pas une pipe, sais-tu, *valèt* ! »
— Belle pièce, Papa, mais elle ne mérite pas que je lui sacrifie ma planche de Tillieux…
— Même pas pour ce vrai trésor ? Tu rigoles, non ?

Chapitre 3

Où il est manifeste que la jouvence du vieux juge s'appelle Indépendance

Indépendance n'est pas en avance. Et elle s'en voudrait d'arriver en retard à la bouquinerie. C'est que Georges lui a promis de l'emmener au restaurant, chez l'ami Atza. Il lui reste encore à aspirer le tapis du salon puis à se rhabiller.

— Ne restez pas dans mes jambes, Monsieur le Juge, vous allez encore trébucher dans l'aspirateur !

— Si je suis trop loin de toi, ma beauté, je ne distingue plus bien tous tes charmes…

— Vous devez les connaître par cœur, depuis le temps que je viens faire votre petit ménage… Dites-vous plutôt que c'est une chance si vous y voyez moins clair, parce que mes fesses non plus ne rajeunissent pas !

Alors qu'Indépendance se penche pour brancher la prise de l'appareil, le vieux juge Delvoye s'exclame :

— Oh, mon Dieu, que c'est beau ! Merci, mon Dieu ! Rassure-toi, Indépendance, le temps n'a pas de prise

sur ta formidable croupe, elle est toujours aussi magnifique !
Elle sourit à l'ancien magistrat comme s'il s'agissait d'un enfant. Il est vrai qu'il la considère avec une telle admiration, une telle tendresse aussi, que ses manies de pépère voyeur l'attendriraient presque.
Cela fait maintenant près de trois ans qu'Indépendance tient le ménage de l'octogénaire, depuis qu'elle a quitté le Matonge bruxellois pour s'installer à Liège. Et leur contrat est resté le même : elle rend visite à son employeur chaque jour à quatre heures de l'après-midi, apportant le ravitaillement et s'occupant de son intérieur, moyennant quoi elle reçoit deux mille francs de gages pour deux heures de travail quotidien, en noir, bien sûr. Ce qui fait d'Indépendance la femme de ménage la mieux payée du Royaume, à ceci près que toutes les employées de maison n'officient pas vêtues seulement d'un court tablier de soubrette.

Chapitre 4

Où Georges Simon ne se console pas de la perte d'une syllabe

S'il ne s'était appelé Georges Simon, le bouquiniste de la rue des Récollets aurait-il fumé la pipe ? Pareillement, aurait-il collectionné depuis l'adolescence les aventures du commissaire Maigret, et l'âge mûr venu, aurait-il spécialisé sa boutique dans le négoce des livres de Simenon, à l'enseigne du « Pendu de Georges » ? C'est le genre de questionnement qui turlupine encore parfois le quinquagénaire. Et s'il était né fils de batelier sur un quai d'Outremeuse, ou vigneron au pied du Ventoux, ou sanglier en forêt de Saint-Hubert ? Pourquoi une tête, deux bras, un bide et une bite ? Pourquoi penser ? Il ferait mieux d'écrire, de se remettre au travail sérieusement... Des semaines qu'il n'a plus ajouté une ligne à son essai sur le plus célèbre des fantômes de La Caque !

Quand il se lasse de jouer au psychanalyste philosophe, Georges finit toujours par déboucher une bouteille de

Gigondas, histoire de tirailler sa barbe et de gratouiller sa crinière blanche en bonne compagnie. À moins qu'il ne reçoive la visite d'un client...

Chapitre 5

Où Guibert vomit les 4x4 et se soigne au Gigondas

— Nous sommes cocus !
Le cri a retenti presque en même temps que le carillon de l'entrée.
— Salut, Guibert ! T'as reniflé une fois de plus que je m'apprêtais à en déboucher une ?
— Ces salauds de jeunes ! Ils vont finir par me transformer en vieux con radoteur…
— Tu vas boire un coup, ça t'aidera à reconnaître qu'il y a déjà longtemps que t'en es devenu un !
— Tu aurais vu ça, mon Georges, ce petit merdeux avec sa grosse merde à roulettes, garée juste sur le trottoir… Il avait pas vingt ans, je parie ! Comment il a pu se payer un Hummer à son âge, ça, faudrait qu'on m'explique ! Que fait la Brigade financière ?
— Arrête, Guibert ! Tu te pollues les sangs pour des prunes séchées avec toutes ces merdes… Et laisse les fiscars où ils sont, tu oublies que tu bois à la santé du petit commerce. Goûte plutôt mon Gigondas, c'est

un autre millésime que celui que tu connais déjà. Et promets-moi que tu ne vas pas recommencer tes conneries du mois dernier, je ne pourrai pas t'arranger le coup une nouvelle fois... Tu ne peux pas atomiser tous les 4x4 du coin à toi tout seul.

— C'est pas une raison pour se laisser cocufier un peu plus par ces merdeux de petits richards. Quand je lui ai fait remarquer que les piétons devaient marcher sur la rue à cause de son kat-kat d'Amerloque planté sur le trottoir, il a juste grommelé que « Mai 68, c'est fini depuis vingt-cinq ans »... Et sans même me regarder encore !

— Ben comme ça, au moins, t'es sûr que ton look soixante-huitard n'est pas à son goût !

Chapitre 6

Où Tina subit les contraintes de l'allaitement maternel

Des clients, même en une seule année de métier, elle en a déjà eu de tous les genres, tous les goûts, tous les vices, mais jamais un comme celui-ci. Tina l'a surnommé Veuf Poupon dès leur première rencontre. C'est qu'il n'avait rien fait d'autre que lui sucer les tétons, sans regarder ni au temps ni au prix.
Dans la corporation, les mâchouilleurs de seins, c'est plus courant qu'on ne le pense, mais dès qu'ils ont eu leur tétée, ils aiment passer à des exercices plus sérieux. À moins, bien sûr, qu'ils ne réclament ensuite qu'on leur boive leur petit biberon à eux.
En un bon mois, Tina a vu Veuf Poupon au moins dix fois. C'est toujours le même scénario. Rencard sur le parking de la Grand-Poste, à trois heures de l'après-midi. Veuf Poupon amène sa bobine pâlotte au volant d'une petite voiture genre Polo, conduit Tina jusqu'à un hôtel d'autoroute, tantôt sur une bretelle, tantôt

sur une autre. Dans la chambre, le pitch est tout aussi invariable.
Veuf Poupon dépose soigneusement sur un dossier de chaise son veston dont un revers de col est barré de noir, ouvre le lit, s'y assied sur le bord, côté fenêtre, invite Tina à le rejoindre d'un petit geste timide, toujours à sa gauche.
— J'aime beaucoup tes seins, ils ressemblent à ceux de ma femme quand elle avait ton âge ! lui a-t-il soufflé la première fois qu'elle a dénudé sa poitrine devant lui. Mais je préférerais te déshabiller moi-même…
Depuis, c'est avec la même maladresse qu'il lui ôte pull, chemisier et soutien-gorge ; avec la même impatience qu'il presse son sein droit à deux mains ; avec la même avidité qu'il prend entre ses lèvres le téton, un téton long comme une phalange d'auriculaire, mais qu'il aspire jusqu'à en faire disparaître l'aréole dans sa bouche.
La longue tétée de Veuf Poupon ne s'arrête que lorsque Tina, le sein endolori, lui offre son jumeau gauche. Heureusement que ses roses tétines sont de taille à résister à un vieillard édenté.
Résister… Bah ! Ce soir, c'est la fête entre copines, toute une soirée entre filles, sans vieux pervers ni jeunes salauds. Sans aucun mec, quoi !

Chapitre 7

Où Guibert se répand sur le Grand Bordel

Il en a de bonnes, le Georges ! Je sais tout ça aussi bien que lui… Qu'on ne changera quand même rien au Grand Bordel, que ça fait des lustres qu'on est cocu, que ce seront toujours les grosses bites qui gagneront les parties et la partie… C'est pas une raison pour débander !
Non mais ! c'est tout juste s'il me prend pas pour un gamin… Je t'en ficherai, moi, des « Faut mûrir, Guy-Bernard ! Aujourd'hui, c'est : *sous les pavés, le bitume !* » Et sous les draps, la bite molle, tant qu'il y est… Heureusement que son pinard est fabuleux, et qu'il régale en seigneur ! Mais quand il picole trop, il picole triste. Alors, il déconne ferme, le Georges, et le pire, c'est qu'il se met à me donner du Guy-Bernard, je déteste ça ! Mon ridicule prénom légal… Pourquoi pas Albert-Marie ou Baudouin-Zéphyr, tant qu'il y est ? Sûr que j'ai bien fait de me tirer quand il a sorti : « Après tout, c'est peut-être bien les petits cons en

kat-kat qui ont raison ! » Là, il forçait sur la posologie, le boutiquier, et comme moi j'avais ma dose, basta... J'aurais sans doute pas dû gueuler que le boulot l'avait abruti et que le petit commerce le menait au fascisme, mais quoi ?

J'en serai quitte en allant lui acheter un ou deux Simenon... Et puis, quand il lira mes exploits nocturnes dans les gazettes, il sera fier de son vieux copain, mon Georges !

Bon ! Maintenant, les choses sérieuses... Préparer le matos, et surtout, ne rien oublier. Ce soir, c'est le grand, le méga soir, celui où on tague gratis ! Ah, mais, c'est qu'elles vont plus rigoler, les petites bites qui baladent leurs couilles en kat-kat ! Je m'en vais te leur couper le sifflet, moi ! Elles vont voir que Guibert la Glandouille n'est pas encore devenu un gland...

Chapitre 8

Où l'inspecteur Francis Dangé alias Maigret constate une fois de plus que la chair est faible

C'est bien la première fois que des seins nus ne me font pas bander!

Le cerveau de Francis formule la saillie quand ses yeux se sont déjà détournés du corps. Sa glotte joue le métronome tant la nausée est proche. Un instant, son regard se repose sur la Meuse en contrebas. Il maudit ce feignant d'Hubert dont le subit congé de maladie l'a rappelé à cette garde de week-end.

En vingt-cinq ans de Police judiciaire, l'inspecteur Francis Dangé n'a jamais vu pareil carnage. Pourtant, si l'on excepte la poitrine, le corps de ce qui a dû être une jolie rousse est resté intact. Les deux seins, par contre, ne sont qu'une bouillie de viandes sanglantes. Plus de tétons ni d'aréoles, mais des chairs grasses baignant dans du sang caillé.

Manifestement, la poitrine de Duprez Viviane, née à Liège le 6 décembre 1975, a été déchirée à coups de dents.

Avant ou après la mort ? Ça, c'est le job du légiste. Francis, lui, a une pensée nostalgique. Ce n'est pas encore aujourd'hui qu'il pourra câliner le beau sein de Lysiane !

Chapitre 9

Où Papa Georges s'agace des petites bites de Guibert

— Quel con ! Mais quel con !

Georges en a presque déchiré son journal, tant il le secoue à deux mains avant de répéter :

— Mais quel con, ce gugusse !

Indépendance passe la tête dans la réserve, la cafetière à la main, et propose :

— Encore une tasse ?

— Bonne idée, ça va me requinquer !

Elle s'avance, entièrement nue, entre les rayonnages, et appuie sa formidable poitrine contre la nuque du bouquiniste, aussitôt apaisé. Elle lui demande, dans un grand sourire :

— On parle d'un de tes vieux copains dans la gazette ?

— D'une de ses nouvelles conneries, en tout cas ! Son nom n'est pas cité, mais je suis sûr que c'est lui qui a encore fait le coup… Après ça, il va de nouveau me demander d'arranger ses emmerdes et de lui trouver

un avocat ! Parce qu'évidemment, il va se faire choper une fois de plus, ça ne rate jamais. Regarde !
Georges tend la page vers sa compagne, qui se récrie :
— Lis-moi le titre, je n'ai pas mes lunettes.
— Écoute ça ! « Le piéton allergique aux 4x4 a encore tagué ! »... Le journaliste explique que la nuit dernière, deux Range Rover et un Hummer ont été vandalisés aux abords du Carré avec, je cite l'article, hein, « inscrite en rouge fluo, sur toute la longueur des véhicules, cette même affirmation sans doute trop généralisatrice : *Le 4x4 est la bagnole des petites bites* »... Eh ben, il a dû bien se marrer, le pigiste : arriver à faire imprimer une prose pareille dans la *Gazette de Liége*... Même Simenon ne reconnaîtrait plus la vieille dame de ses jeunes années ! Mais toi, mon Beau Nounours, tu as reconnu le style fleuri de l'auteur des tags ?
— Comme ça peut pas être Francis-Maigret et que je ne vois pas ton ami Jean-Pol galoper la nuit dans les rues, c'est sûrement Guibert le coupable...
Et, dans une moue largement compréhensive, Indépendance ajoute :
— D'ailleurs, moi, je suis d'accord avec lui, ces grosses autos n'ont rien à faire dans la ville, elles prennent toute la place, même sur les trottoirs ! Et puis, je crois qu'il s'ennuie, ton ami Guibert. Rester tout seul, c'est pas bon pour un homme de son âge... Je vais lui organiser une rencontre avec une amie.

— Tu sais, mon Beau Nounours, Guibert n'est pas un cadeau, en tout cas pas un cadeau à faire à une vraie amie, rigole Georges. Tu penses à qui ?
— Ben, peut-être pas à Bibiche, elle aime pas trop les mecs... Plutôt à Scholastique... mais oui, Scholastique ! Elle vient de mettre son homme à la porte... Tu te rends compte, il lui prenait tous ses sous pour aller les boire et en plus il osait se balader en rue devant tout le monde avec son « deuxième bureau » ! Guibert, lui, c'est un gentil, il ne la battrait pas.

Chapitre 10

Où l'on s'interroge sur le contenant des séries et le contenu des salades

— Deux femmes assassinées en deux semaines, c'est ce que tes collègues appellent l'œuvre d'un tueur en série, non ? demande Lysiane en soulevant la poêle du réchaud. Voilà, Francis, ça va être prêt ! Tu peux venir à table...

Le crépitement des petits morceaux de lard reprend de plus belle sous les giclées de vinaigre, et un nuage de vapeur oblige la cuisinière à détourner le visage.

— Hum, j'adore quand les *crètons* baignent dans le vinaigre... Mmm, tu réussis toujours bien tes salades liégeoises !

— Parce que ce n'est pas difficile, sans doute... Tu n'as pas répondu à ma question. Ton chef d'enquête pense à un tueur en série ?

— Il doit y penser, comme toute l'équipe d'ailleurs, d'autant qu'il s'agit du même mode opératoire, des mêmes sévices commis sur des victimes au même profil : des jeunes prostituées qui...

— Celle retrouvée à la Boverie l'était aussi ?
— Pour elle, on en est moins sûr, il n'y a pas trace d'elle dans nos fichiers, c'était sans doute une occasionnelle... Mais toutes les deux se droguaient depuis des mois, le légiste est formel, et pas qu'avec du hasch ! Elles en étaient arrivées au « dur » depuis un moment, les pauvres... Ça leur fait prendre des risques fous avec des dingues...
Francis s'interrompt un instant, le regard fixé sur le fleuve en contrebas. Il y a repéré une grosse péniche rhénane battant pavillon helvétique. La Meuse offre aux occupants des buildings qui bordent le quai de Rome un défilé quasi permanent de bateaux de toutes tailles et de toutes origines. Le policier ne s'est jamais lassé du spectacle, bien qu'il fréquente depuis quatre ans l'appartement de Lysiane presque chaque week-end. Il reprend, la fourchette brandie :
— ... Ou des risques dingues avec des fous ! Quand je repense à cette Viviane Duprez, allongée nue sur les pavés mouillés du quai Marcatchou, quelle tristesse ! Je n'ai pas vu l'autre, la fille du parc de la Boverie, seulement des clichés de la scène de crime, mais des collègues m'ont dit que c'était à gerber, une pure boucherie... On a fini par l'identifier, elle s'appelait Kaja Polakoska, domiciliée à Liège depuis même pas deux ans. Il n'y a qu'un véritable aliéné pour massacrer ainsi ses victimes ! Mais bon, deux homicides, ça ne fait pas encore une série...

— Mais ça en fait peut-être bien le début, coupe Lysiane. C’est bien connu, les pervers criminels du genre aiment rejouer la même scène, refaire les mêmes horreurs... Tiens, j’y pense : s’il s’en prenait à moi, Francis, ton sadique, il serait très, très déçu...
Le policier avale sa bouchée et s’essuie les lèvres, mais il reste muet.
— Tu comprends, avec un sein unique à dévorer, il ne serait pas rassasié. Il en resterait frustré... C’est alors qu’il deviendrait méchant !
Parfois, Francis a un peu de mal avec l’humour vinaigré de sa chérie.
C’est bien la première fois qu’il trouve un drôle de goût à la salade liégeoise de Lysiane.

Chapitre 11

Où la cohabitation des roues et des pieds reste problématique

— À la santé des amoureux!

Atza dépose devant ses deux derniers clients une paire de *plat-cou* remplis à ras bord de son tord-boyaux balkanique.

— J'ai déjà fermé la porte d'entrée. Quand vous voudrez sortir, appelez-moi, je suis à la plonge, dit-il en débarrassant la table des reliefs du dessert.

— Tu vois, chez Atza, le patron fait tout lui-même, même la plonge! glousse Guibert à l'intention de Scholastique.

Le restaurateur ajoute, en s'éloignant vers ses cuisines:

— C'est terrible, ma nouvelle extra m'a fait faux bond. La pauvre, elle s'est cassé le poignet cet après-midi, une chute causée par un piéton… Quelle idée aussi de rouler à vélo à travers le Vinâve d'Île, comme s'il n'y avait pas déjà assez de bazar et de bordel pour encombrer les piétonniers!

— Décidément, tous les engins montés sur roues ont été inventés pour emmerder les piétons, confie Guibert à son invitée. Oui, ce que je veux dire, c'est... Mais c'est un peu long à t'expliquer maintenant, je te raconterai ce que j'appelle mes hauts faits de résistance en te ramenant chez toi. On va d'abord trinquer...
Il lève son verre d'une main incertaine, puis le fait tinter contre celui de Scholastique, baptisant ainsi d'alcool blanc leurs doigts et la table. Est-ce le large sourire de la jeune femme ou son décolleté profond qui émotionnent Guibert au point de lui refiler une soudaine tremblote digne d'un vieux colonial en pleine crise de « palu » ?

Chapitre 12

Où l'on juge, mais ne comprend pas

Tout de même, ils devraient au moins connaître la devise du grand Simenon, tous ces plumitifs liégeois, surtout ceux de *La Gazette* ! Ce petit journaliste de merde se croit malin : « Le dévoreur de seins... Un monstre de perversité... Un détraqué particulièrement abject ! »... Qu'est-ce qu'il en sait, le jeune con ? Et cette interview du Dr Machin, dans *La Meuse*, c'est n'importe quoi ! « Un psychopathe dangereux, un authentique pervers narcissique, totalement insensible à la douleur des autres... » L'imbécile ! Alors que j'ai toujours pratiqué la dîme, toujours... Si c'est être insensible aux douleurs de l'autre, ça ! Est-ce qu'ils offrent seulement un petit pourcent de leurs revenus pour les malheureux, tous ces donneurs de leçons ? Moi, je donne dix pourcents, moi... Dix pourcents, ça fait une fameuse somme !

« Comprendre et ne pas juger »

Je devrais le leur écrire. Leur rappeler encore une fois la devise du grand Sim.

Chapitre 13

Où l'on en apprend de belles sur Céline et ces autres

— Tu ne m'ennuies pas du tout, continue à raconter ! répond Scholastique, la bouche dans le col de veste de Guibert.
Assis sur un banc du quai Marcelis, le couple regarde, sans les voir vraiment, les sombres contours que les murs de l'évêché reflètent dans les eaux du fleuve. Maintenant, sur cette rive d'Outremeuse, la circulation s'est presque tarie, seul un bus vidé soupire à son arrêt du côté du pont Kennedy.
— Tu n'as pas froid, tu es sûre ?
— Mais non, continue... Continue à me caresser et continue à raconter... Tu es doué, tu fais très bien les deux choses en même temps, c'est rare pour un homme !
Depuis combien d'années Guibert n'a-t-il plus été aussi heureux ? Là, à cet instant, une main posée sur le sein gauche de Scholastique, il n'est pas loin de croire à nouveau au grand saint Nicolas lui-même,

aux promesses électorales du prochain bourgmestre et même à la bonté naturelle de l'*homo sapiens sapiens*, c'est dire !
— Raconte, Guibert, tu en étais arrivé au moment où la police t'avait arrêté avec une bombe de peinture à la main…
— Oui, c'est ça… Donc, ils m'ont ramené à la permanence de police de la Violette et ils m'ont collé en cellule… Et qui c'est qui était en train de causer avec le flic de garde ? Jacques Izoard en personne ! Ah, il en tenait déjà une bonne, notre poète, mais ça ne l'a pas empêché de nous raconter sa visite à Céline… Céline, pas ma petite nièce, hein ! Non, le romancier, le grand Céline, celui du *Voyage au bout de la nuit*… Eh ben, il nous a tous bien baladés au bout de la nuit, Izoard, avec ses histoires d'écrivains. Qu'est-ce qu'on a rigolé, tous les trois, avec le flic ! Il racontait ça comme une épopée, celle du jeune Izoard en visite à Meudon, vers la fin des années 50, la villa de l'écrivain, la plaque de cuivre marquée « Lucette Almanzor – cours de danse »… Lucette, c'est l'épouse. Ah, il n'est pas radin de détails, Jacques ! Le voilà qui sonne à la clochette du jardin, qui pousse la grille, qui prend le romancier pour le jardinier, qui bafouille des excuses… Izoard faisait des gestes, il faisait même les voix, celle de Céline, bougonne, caverneuse, puis celle de la danseuse… C'est tout juste s'il n'imitait pas les miaulements des chats de Céline. J'ai cru que le flic allait pisser de rire,

moi aussi d'ailleurs ! Et puis il a enchaîné avec l'histoire de sa nuit dans une prison albanaise, à la grande époque d'Enver Hodja, parce qu'il avait franchi sans s'en rendre compte la frontière, pendant un congrès de poésie en Grèce... Le flic a fini par nous offrir un café avec un *hèna d'pèkèt* en disant qu'il n'avait jamais passé une aussi bonne nuit de garde, et qu'on pouvait revenir quand on voulait ! Tu... tu dors ?
Guibert se penche vers le visage de sa compagne, elle a les yeux fermés. Il entend pourtant très distinctement son chuchotement :
— Continue à me caresser... Tu peux aussi pincer le téton... Oui ! Oui, comme ça...

Chapitre 14

Où il nous est confirmé qu'il n'y a pas de sot métier

Tina s'y attendait, Vanessa est toujours en retard. Il ne lui reste qu'à prendre patience... Un instant, elle dirige son regard vers le fronton de l'Hôtel de Ville, puis le fixe sur le sommet de la fontaine du Perron. Trois femmes nues s'y enlacent langoureusement : les Trois Grâces, ou plutôt les *Treûs R'pintènes*, comme les surnommait sa grand-mère qui, sa vie durant, avait été vendeuse des quatre saisons tout à côté du monument. Adolescente, Tina préférait les appeler les Trois Garces, ou pire encore, les Trois Grasses, ce qui était fort injuste pour la finesse du sculpteur Jean Delcour comme pour la plastique de ses modèles.
Tina se penche vers la table voisine et sourit à l'homme qui vient d'y reposer son journal. Sans doute un quinquagénaire déjà pensionné qui vient tuer le temps en terrasse et lire les infos à l'œil.
— Vous permettez ?

— Je vous en prie… Vous pouvez même le garder, j'en ai assez pour aujourd'hui, avec toutes ces mauvaises nouvelles, ces deux meurtres horribles. Pauvres filles… Comment peut-on faire des choses pareilles à une personne ? Ce n'est pas parce qu'elles se prostituaient que… Où est le mal ? Et puis il en faut, non ? Après tout, elles font un boulot bien plus utile à toute la société qu'une banquière d'affaires ou qu'une huissière de justice…

Vrai anar ou parfait faux-cul, le pensionné ? Pourquoi Tina a-t-elle l'impression que l'homme lui lance maintenant un regard moqueur ? Elle n'est pourtant pas en tenue de travail. Serait-ce un ancien client, alors ? Et puis zut ! Après tout, comme disait sa grand-mère, *il n'y a pas de sot métier, il n'y a que de sottes gens*. Vanessa lui conseillerait sûrement de calmer ses tendances paranos… Alors pourquoi ne pas les noyer dans *La Meuse* ?

Chapitre 15

Où il est question de veston anglais et de délices à Liège

— Encore une matinée de perdue !
Georges a maugréé à mi-voix. Venant à sa rencontre sur le même trottoir, deux ados, échappés du collège tout proche, se tournent vers lui puis échangent des regards moqueurs. Le bouquiniste soupire *fortissimo* mais retient une réflexion musclée sur les « petits cons actuels ». Quant à ces « vieux cons de bourges méprisants » qui l'ont dérangé pour rien…
Mais qu'est-ce qu'ils croient, ces héritiers de « bonnes familles liégeoises » ? Ça vit dans l'hôtel de maître des aïeux depuis qu'un arrière-arrière-grand-papy a fait fortune en exploitant le travail des enfants dans les houillères, et ça se pense propriétaire de la bibliothèque des Princes de Ligne ! Qu'est-ce qu'il croyait, ce vieux beau avec son veston anglais à pochette mauve ? Qu'il allait l'impressionner en voulant lui refiler trois malheureux volumes dépareillés des *Délices du pays*

de Liége, avec plus de champignons sur les pages que de gravures en état potable ?
— Qu'il le garde, son Saumery moisi-pourri ! M'en demander trois cent mille francs, un comble ! C'est vraiment me prendre pour un bouquiniste de poches, un boutiquier ignare. Trois cent mille, pourquoi pas un million, et de francs français, tant qu'on y est ?... Mieux, allons-y, des francs suisses !
Tout à ses ruminations, Georges ne réalise pas immédiatement ce que ses yeux viennent d'apercevoir.
Il traverse le boulevard, éperdu. Il gémit :
— Non, ce n'est pas possible ! Non, pas la plus belle fille de Liège !...

Chapitre 16

Où Vanessa parle à Tina d'Agata et gnagnagna

— Là, c'est le gros paquet, la toute grosse somme ! Après ça, tu peux fermer boutique... Raccrocher une fois pour toutes !
Tina regarde mieux le visage de son amie. C'est vrai que Vanessa n'a pas bonne mine du tout. Pourtant soigné, son maquillage ne dissimule plus la fatigue qui marque son visage ni la lassitude de son regard.
— Tu la connais bien, cette Agata ? C'est la première fois que tu m'en parles, non ? Et tu lui ferais confiance comme ça ?
Vanessa termine son café avant de répondre, à voix plus basse :
— On me l'a présentée le week-end dernier, à la partouze du Bois des Biches. On n'y était que quelques filles pros, les plus classes ! Le reste, c'étaient surtout des bourges accompagnées, plus quelques jeunettes à papa qui cherchaient le grand frisson...
— Tu ne m'en avais pas parlé, cachottière !

— Oh, Tina, je sais bien que tu n'aimes pas les travaux de groupe ! Agata, c'est le trader blond qui me l'a présentée, tu te souviens, Karl...

— Celui de Luxembourg, le gars de la montre ? demande Tina avec une moue gentiment moqueuse.

— Mmm... Karl n'a rien à voir là-dedans. C'est uniquement Agata qui m'a parlé de l'affaire. Je ne sais pas si elle pratique toujours elle-même, encore qu'elle pourrait, avec le physique superbe qu'elle a gardé ! Mais comme femme d'affaires dans le circuit, on dirait qu'elle a des belles relations... Agata est d'ailleurs restée dans le petit salon du bar jusqu'à la fin, alors qu'elle était arrivée en tenue de *domina* grand style. Je l'ai vue enchaîner des tête-à-tête avec plusieurs autres filles, et sans boire d'alcool... Manifestement, elle était plus là pour gonfler son carnet d'adresses que pour prendre son pied avec les habitués autour des engins. Je te dis, une vraie femme d'affaires !

— Bon, mais c'est quoi, sa bonne affaire à sept chiffres ?

— Ben... un truc qu'on ne peut perdre... euh... pratiquer qu'une fois, enfin... ou deux, ça dépend...

— De quoi tu parles ? s'impatiente Tina. De perdre quoi ?... Si c'est ta virginité, ce n'est plus d'actualité, je crois !

— Sotte !... Non, mais Agata est formelle, toutes les précautions sont prises, garanties, avant comme après... Tu es même suivie par un médecin, aucun risque de complications. Et ce n'est pas tout : la reconstruction est comprise dans le deal !

Chapitre 17

Où l'on pleure la plus belle fille de Liège pour les derniers outrages subis

— Un moment, j'ai même cru que c'était toi, l'iconoclaste qui…

Guibert jette à son vieil ami un regard blessé et s'indigne :

— Papa, comment peux-tu penser que je pourrais faire ça, moi ?

D'autorité, Francis remplit les verres.

— Allez, les hommes, une petite *rawète* de Gigondas à chacun pour se remettre d'une émotion pareille !

— J'en ai bien besoin, d'autant que j'ai failli me faire écraser quand j'ai traversé le boulevard, soupire Georges. Vous auriez dû voir ça, un désastre ! Ses seins étaient complètement rougis, et son ventre aussi, jusqu'en haut des cuisses…

Un client bien mis, costard-cravate, s'avance vers le comptoir, un livre à la main :

— *Délivrez-nous du mal*, c'est bien le livre sur le Père Antoine ?

— Oui, Monsieur, en édition originale, et à prix doux encore ! Je dois quand même vous préciser qu'il ne s'agit pas d'une biographie à proprement parler sur le fondateur de la religion antoiniste. C'est un roman que Robert Vivier, l'auteur, a choisi d'écrire, mais en se basant sur la vie réelle du grand spiritualiste.
— Je le prends… Excusez-moi, mais j'ai entendu des bribes de votre conversation en bouquinant dans les rayons. On a retrouvé une nouvelle victime du tueur en série ?
Les trois amis échangent des regards surpris, puis s'esclaffent de concert.
C'est Georges qui, le premier, se rendant compte que son client affiche la tête du gars qui croit qu'on se la paye, rectifie :
— Non, non, je viens bien d'être témoin d'un crime, mais contre l'Art et l'Histoire ! Il ne s'agit pas d'une nouvelle victime du tueur… C'est la plus belle fille de Liège qui a été vandalisée. Vous voyez, Monsieur, le monument à Charles Rogier, tout au bout du parc d'Avroy, côté Guillemins, avec sa statue entre celles d'un lion couché et d'une superbe femme nue debout… Elle a la réputation d'être la plus canon des Liégeoises depuis que la sculpture est là. Vous la voyez, non ?
— Euh, je suis installé à Liège depuis pas très longtemps, je ne connais pas encore ce monument…
Guibert prend le ton d'un guide touristique pour formuler :

— L'écrivain Arsène Soreil l'a surnommée « la plus belle fille de Liège »...
Puis il lève son verre et poursuit, aboyant comme un bonimenteur sur la Batte et forçant son accent du terroir :
— La plus belle croupe de la ville surtout ! Je bois à son cul magnifique, qu'un imbécile a osé outrager en ce jour de malheur !
— Si vous aviez vu ce ridicule maillot de grand-mère peinturluré sur ses plus belles rondeurs, reprend Georges en ouvrant son tiroir-caisse. En rouge pétant, et avec plein de bavures et des traces de coulées sur le ventre et les cuisses !
— Manifestement, tout le monde n'apprécie pas que le nu soit exhibé dans l'espace public, fait l'homme, la main tendue vers sa monnaie.
— À Liège si, Monsieur, tout le monde aime la beauté, répond Francis dans un grand sourire.
— *Awè* ! confirme Guibert, le verre brandi. Je bois à la beauté des belles filles et de leurs beaux... euh, trésors. Et vive *nos-ôtes* et les boulets de Liège sauce lapin !
Les rires des trois amis sont interrompus par le carillon de la porte, que le client a refermée d'un geste sec.
— T'as vu ça, Papa ? Quel coincé, ce mec, avec sa tête de trader londonien ! s'indigne Guibert. Bah, encore un qui ne viendra plus nous emmerder quand on travaille ensemble notre Gigondas, les amis ! Allez, Maigret, à toi de raconter...

Chapitre 18

Où l'on constate que l'allaitement maternant n'est pas sans risque

Tina approche son sein droit du miroir grossissant. L'aréole semble intacte. Seule l'extrémité du téton montre de fines crevasses. Elle aurait dû le repousser plus tôt, ce vieil obsédé de Veuf Poupon, mais il s'était mis à pleurer. Tina sentait ses larmes chaudes couler sur son ventre. Et puis, il s'agrippait comme un naufragé à la ceinture de sa jupe. Et puis, quand même, c'est un bon client, bon payeur et pas compliqué... Un peu de pommade délicatement étalée, un petit voile de gaze, un soutien-gorge confortable et un gros dodo pour les gros lolos. Tina coupe les spots autour du lavabo puis éteint l'éclairage général de la salle de bain. Ouf, quelle journée de fous! Et le pire, c'était cette histoire de Vanessa, cette proposition dingue, un truc de malades! Décidément, elle ne va pas bien, Vanessa, pour vouloir marcher là-dedans...

Dans le séjour, seule la lueur de la télévision éclaire la table basse du salon. La jeune femme s'approche de l'appareil pour le fermer, quand surgit sur l'écran l'annonce d'un flash spécial.

Chapitre 19

Où il est démontré une fois de plus que le pluriel ne fait rien à l'affaire

— Et pas de lâcheuse, hein ! Pas une ne doit manquer... Si on se retrouve à seulement trois ou quatre malheureuses, c'est fichu ! On aura surtout l'air de pauvres idiotes, alors...
Lysiane raccroche avec une telle énergie enthousiaste que le cornet rebondit sur la fourche du téléphone. Elle se lève du canapé et s'approche de la grande fenêtre qui occupe toute la largeur de l'appartement. Un instant, elle pense à Francis qui ne manque jamais de s'extasier devant le panorama. C'est vrai que la vue qui s'étend devant elle est magnifique, d'autant que le grand soleil de midi allume comme des feux baladeurs sur la surface de la Meuse. Sur l'autre rive du fleuve, à travers les frondaisons du parc de la Boverie, on aperçoit le lourd bâtiment du Musée, théâtre de leur futur coup d'éclat...
Lysiane sourit à son reflet dans le vitrage. Elle réalise en même temps qu'elle s'offre vêtue d'une simple

petite culotte blanche aux regards d'éventuels voyeurs. Elle hausse les épaules puis éclate de rire. À nouveau, une phrase de Francis résonne en elle comme un mot de passe… *Tu n'en as plus qu'un, mais qu'est-ce qu'il est beau !*

En définitive, il faut reconnaître qu'il n'est pas mal du tout, son vieil ours de flic. C'est même le premier homme vraiment gentil dont Lysiane partage la vie. Enfin… avec qui elle vit à mi-temps, disons ! Et quand elle a été hospitalisée, Francis s'est montré aussi prévenant que présent, patient et discret ; bref, le compagnon d'infortune idéal, celui sur l'épaule duquel elle a pu pleurer son sein disparu, celui avec lequel elle a réappris à jouir et à rire.

Tout à coup, elle se détourne de la fenêtre, se rassied au bord du canapé et reprend le téléphone qu'elle pose sur ses cuisses. Elle frissonne au contact du socle métallique de l'appareil sur sa peau nue, puis forme à nouveau le numéro d'Annie, sa plus vieille amie et complice depuis le lycée de Waha.

— Oui, Annie, c'est encore moi, mais j'ai oublié de préciser un truc important… Surtout pas de colliers de fleurs, de *body art* ou de faux tatouages géants… Fais bien passer la consigne auprès de toutes, insiste !

— Mais…

— Pour Édith non plus ! Qu'est-ce que je devrais dire, moi alors ? Pour personne, non ! Sinon ça aura l'air d'une simple rigolade, d'un *happening* de folles... Tout l'impact symbolique serait détourné, surtout en ce moment...

Chapitre 20

Où le végétarisme ne fait pas l'unanimité mais alors pas du tout

Fade, même fadasse, la première... Je ne peux pas mieux dire. Le goût de l'autre était autrement fort, piquant, à la fois amer et sucré. Aigre-doux quoi ! Comme la cuisine traditionnelle du coin... Un délice ! Évidemment, elle était toujours vivante. Cette fois-là, j'ai bien pris soin de l'entamer quand elle respirait encore.

On ne croirait pas, mais c'est le gras du sein qui est le plus savoureux... Je suis sûr que tous ceux qui en restent aux fantasmes imaginent que le téton est le morceau de choix. Eh bien non ! Évidemment, c'est plaisant de sentir sous la dent sa souplesse, sa tendreté, de tester sa résistance à l'étirement. Mais une fois qu'on l'a sectionné et qu'on veut le déguster en prenant son temps, on est vite déçu... C'est caoutchouteux et pas très goûteux. On finit par l'avaler sans plus mâcher, pour en être quitte, comme on ferait d'un grumeau.

Alors qu'avec la chair du sein lui-même... Quel bonheur ! Quelle richesse de saveurs !
Pourtant, avec la dernière, la blonde, la viande n'avait pas tout à fait la même qualité, alors qu'elle était pareillement persillée. Est-ce que ça voudrait dire que les rousses sont les seules à offrir une chair de premier choix ? Que la qualité de la viande dépendrait de la « race » ?
Non, pas la « Dernière », je ne dois plus la désigner ainsi dans ma tête... La « Numéro Trois », c'est mieux... La « Dernière », ça risquerait de me porter malheur...
Et qu'est-ce que j'ai faim d'elles !

Chapitre 21

Où, décidément, on n'est jamais tranquille

Le carillon de la bouquinerie n'a plus retenti depuis combien de temps ? (Pourquoi, d'ailleurs, Georges s'obstine-t-il à ouvrir la boutique le dimanche matin ? Les amateurs présents au marché de la Batte sont de moins en moins nombreux à passer le pont des Arches.) En ce moment, le libraire s'en fiche complètement. Au diable, les clients ! Il est comme ailleurs, perdu dans son manuscrit… Hier, il a profité de l'absence d'Indépendance pour prendre possession de la grande table de la cuisine et y étaler son plan, avec en éventail tout autour les pages déjà écrites, des pages caviardées de ratures, de flèches, de surlignages fluo. Il se gratte le cuir chevelu, la barbe… Il reprend, sur la tablette du lave-vaisselle, l'essai de Michel Carly, *Sur les routes américaines avec Simenon*, le feuillette, relit ses notes, prises sur la dernière garde comme à son habitude. Il s'apprête à faire de même avec la dernière édition de la somme simenonienne d'Alain Bertrand, quand soudain…

Le carillon de l'entrée se réveille en fanfare et tonitrue d'autant mieux que l'arrivant s'amuse à secouer la porte.

— Quel est l'imbécile qui..., souffle Georges, quittant à regret son chantier.

Le bouquin annoté encore en main, il déboule dans sa boutique, puis pile sur place quand il identifie l'intrus. Il rugit :

— Nom de Dieu, Guibert, pour une fois que j'étais en plein travail sur mon manuscrit...

— Ben, merci Papa, quel accueil charmant ! T'es vraiment content de me voir, toi, tu ne peux pas le cacher !

— Excuse-moi, mon vieux Guib', mais j'ai profité de l'escapade entre filles de nos chéries pour essayer d'avancer dans mon manuscrit.

— Désolé de te couper dans ton élan inspiré, Papa, mais je t'apporte la *Dernière Heure* d'aujourd'hui. Je me suis dit que tu serais content : il y a quelque chose sur le monument Rogier... Et sur la nouvelle fille massacrée, bien sûr !

— On sait qui c'est ?

— Une étudiante française... Regarde-moi cette jolie blonde, quel gâchis ! fait Guibert, brandissant la une du journal.

— Ah, parce que ça aurait été moins horrible si elle avait été moche ? Un pauvre boudin châtain découpé en rondelles ou un thon noiraud préparé au presse-purée, ça passerait mieux ?

— C'est pas ce que j'ai dit, Papa, mais tu avoueras que… Oh, et puis zut, je me comprends ! Écoute ça… D'abord, le titre : « Proie toulousaine pour le cannibale liégeois »… Puis, le chapeau : « Le corps mutilé d'une étudiante est retrouvé derrière les cuisines d'un restaurant d'Outremeuse »… Bon appétit ! C'est peut-être parce que c'était pour l'édition du dimanche que le journaliste en a remis dans son papier, question détails vomitifs… « Un téton sectionné d'un coup de dents… l'autre, introuvable, a sans doute été avalé par le cannibale… il semble que la victime était encore vivante quand elle a été dévorée… » Bon, que des horreurs. Je te laisse le canard, si tu veux lire tout…

Guibert dépose le journal sur le comptoir et ajoute :

— La pauvre, elle a dégusté !

— Non, *stricto sensu*, c'est le contraire, tu dois dire : « Il a dégusté la pauvre »… C'est que c'est un véritable gourmet du crime, ce type ! Un affamé de bonne *chair*… Mais je parie qu'il préfère la volaille ou le veau à un bon steak de bœuf…

— Hein, qu'est-ce que tu racontes, comment tu peux savoir que…

— Réfléchis, Guibert, les filles massacrées étaient rousses ou blondes, on peut donc en déduire qu'elles avaient la peau pâle… Donc, le cannibale a un goût prononcé pour la viande blanche !

— À propos de goût, ton humour l'a plutôt mauvais, là, Papa !

— Ouais, l'*homo sapiens* est décidément la pire des bêtes fauves... Mais bon, on le savait déjà. Et on ne va pas passer notre temps à enfiler des perles de lieux communs ! Avec ces horreurs, j'allais oublier l'heure, celle du premier verre de Gigondas, mon plaisir majuscule ! Tu m'accompagnes, bien sûr...
— Non, merci. Comme Scholastique n'était pas là hier soir, j'en ai profité pour sortir boire un coup, alors... Mieux vaut me retaper l'estomac, je n'ai pas envie d'avoir une haleine de cheval crevé à son retour, d'autant que je l'invite chez Atza pour souper.
— Bon, je vais devoir boire en suisse, conclut Georges qui se penche sous le comptoir pour saisir sa bouteille. Tu me laisses le journal ? Je suis curieux de lire ce qu'ils ont pondu sur le scandale du monument Rogier... Si je tenais le vandale qui a fait ça ! Pour le moment, avec le dévoreur en balade, on ne doit pas compter sur les flics ! Je parie qu'il n'y aura même pas d'enquête pour la statue.
— Tiens, à propos d'enquête, tu n'as pas vu notre Maigret depuis avant-hier ?
— Non, pas vu, pas entendu ! Tu connais Francis, quand il n'est pas de garde, il adore passer ses week-ends chez son amoureuse et *cocooner* à deux... Home chouette home !

Chapitre 22

Où les trois grâces prennent les eaux au spa de Spa

— À quoi ça sert de gagner de l'argent, si ce n'est pas pour en profiter avec les gens qu'on aime ? demande Indépendance.
— T'as sacrément raison, Chacha ! confirme Scholastique en se resservant du café. Qu'est-ce qu'on est bien, ici, hein ! Si un jour, on m'avait dit que je passerais un week-end à prendre les eaux dans un super spa avec mes deux meilleures amies...
— Et vivre toute une nuit de câlins avec elles dans une chambre de princesse ! ajoute Bibiche dans un grand sourire.
Elle allonge ses jambes fuselées sous la table, ce qui l'oblige à rattraper d'un geste vif les pans de son peignoir.
— Oh ! Tu peux montrer tes belles jambes, toi, Bibiche... Ce n'est pas comme les nôtres, hein, Chacha ? fait Scholastique en prenant Indépendance à témoin.

— Plaignez-vous, mes belles... Moi, c'est de votre poitrine que je suis jalouse ! Des beaux gros lolos tout doux, tout souples, à caresser, à presser, à lécher, à se cacher le visage dedans, quel bonheur ! Vous avez vu mes deux œufs sur le plat, hein ? D'ailleurs, cette nuit, ils ne vous ont pas inspiré beaucoup de câlins...
— Ce n'est pas vrai, proteste Indépendance, tout en mâchant un nouveau croissant. Tes tétons, quand je les ai sucés, ils se sont joliment dressés, et ils étaient tout durs !
— Oh, les filles, vous allez me faire rougir ! pouffe Scholastique. J'imagine la tête de Guibert s'il nous entendait...
— Ton Guibert, il peut comprendre, s'il t'aime vraiment... Mon Georges, il me répète toujours : « Ce qui te fait plaisir me fait toujours plaisir, mon Beau Nounours » !
— Mouais ! ricane Bibiche dans une moue dubitative.
— Toi, on sait que tu n'aimes que les femmes, dit Scholastique en posant une main complice sur celle de son amie. Mais moi, j'aime aller avec les hommes aussi...
Bibiche étouffe un bâillement et s'étire comme un chat.
— Je retournerais bien au lit, moi. Vous m'y suivez, les filles ?... Bon, Schola, tu dis ça parce qu'avec ton Guigui, c'est le début... Tout feu, tout flamme, quoi ! Mais quand il te battra, comme les précédents...

— T'es injuste, Bibiche, plaide Indépendance. On a connu beaucoup de salauds, mais quand même... Regarde, moi avec mon Georges... Il n'a jamais levé la main, il n'a même jamais crié sur moi. Et il n'est pas jaloux de nos petites récréations à nous trois... Et je serai bien contente de le retrouver ce soir !

Elle ajoute, en repoussant son siège :

— Allez, les filles, déjà qu'on a sauté la séance de body, il faut qu'on se bouge maintenant, sinon on sera en retard pour le bain de boue de onze heures !

Chapitre 23

Où le sombre palais se métamorphose en chambre de torture

Francis range les trois photos des victimes dans la même chemise orange et repousse sa chaise. Machinalement, il jette un regard vers l'étroite fenêtre. Il aperçoit un bout de ciel gris uniforme et un pigeon gris immobile, perché sur le rebord en pierre de taille. L'inspecteur se lève, et juste au même moment, l'oiseau s'envole. Debout, il a une vue presque complète sur les toitures d'ardoises qui ceinturent la deuxième cour intérieure. Francis adore son petit bureau, tous ces espaces tortueux sous les combles du Palais de justice. Même les collègues parisiens du Quai des Orfèvres ne sont pas plus gâtés, question majesté et pittoresque des lieux historiques qu'il hante au quotidien. Sur le plan de l'incommodité non plus, d'ailleurs. Torrides en été, polaires en hiver, les bureaux de la section criminelle de la PJ de Liège sont réputés pour leur vétusté, leur inconfort et leur manque d'intimité acoustique. Quand il avait été édifié, il y a presque cinq siècles pour Son

Altesse le Prince-Évêque Érard de La Marck, sa Cour et l'Administration de son État, le palais n'avait pas dû satisfaire aux mêmes normes de sécurité et d'économie d'énergie qu'aujourd'hui. De même, en cette fin de xxe siècle, notre Médecine du Travail moderne ne devait pas considérer le bien-être et la santé du personnel judiciaire à l'égal de ceux des employés d'agences bancaires ou des fonctionnaires du fisc. Mais Francis se fiche bien de toutes ces contingences matérielles : il aime son palais, ses grandeurs et ses misères… Une simple question d'atmosphère !

Depuis son installation, le distributeur de boissons fraîches est resté à l'entresol, ce qui offre en prime à tout le personnel, pour le prix d'un simple Coca-Cola, un salutaire exercice cardiotonique et un délassement bienvenu des membres inférieurs, sans parler de l'intensification des relations sociales entre collègues pour le plus grand profit de l'institution publique…

Encore troublé par l'examen comparatif des clichés des victimes du « Dévoreur de Liège », Francis ne remarque pas tout de suite que deux jeunes collègues le regardent s'approcher du distributeur, tout en échangeant coups de coude et clins d'œil complices. Il glisse deux pièces de cinq francs dans le monnayeur, presse la touche « Light », se baisse pour recueillir sa canette du précieux breuvage quand, dans son dos, une voix claironne :

— Salut, Francis, on a vu ta fiancée !

— Ah ça, pour l'avoir vue, on l'a bien vue ! fait l'autre. Même qu'on l'a bien vue toute…

— Je dirais même plus… Tous et toutes, on l'a vue toute ! reprend le premier dans un gros rire. En fait, tout le monde l'a vue, sauf ceux qui ne liraient pas *La Meuse.*

— Ou ceux qui sont aveugles ! ajoute l'autre en pouffant.

Perplexe, Francis regarde ses collègues hilares remonter les marches, épaule contre épaule. Il ouvre la canette sans y prêter attention, ce qui lui vaut des éclaboussures brunes sur sa chemise, jure, lance la boisson dans la poubelle puis escalade quatre à quatre l'escalier. « Pourvu que… », souffle-t-il à mi-voix. Qu'est-ce que ces deux petits cons prétentieux du « Service scientifique et technique d'investigation », en fait de vrais Dupondt avant l'âge, mais qui se prennent pour des *cops* californiens, ont voulu dire ? Ça ne devrait pas être trop difficile de dénicher un exemplaire de *La Meuse* du jour dans le bureau d'un collègue… *Subito* !

Chapitre 24

Où il s'avère que les vrais libraires sont de sacrés *potikèts*

— L'« Album Pléiade » sur Simenon ? C'est huit cents francs, monsieur. À l'état neuf, comme vous voyez, précise Georges.

— Je le prends… Vous avez un petit sac en plastique ? Avec ce qui tombe, je ne voudrais pas abîmer le cuir de la reliure…

— Pas de problème… Tenez !

— Vous en avez, des trésors, dans votre magasin ! fait l'homme, un bras arrondi vers les rayonnages.

— Mouais, des trésors, mais des rossignols, aussi ! Georges quitte son ton bougon pour ajouter :

— Maintenant, si vous vous intéressez vraiment à Simenon, le meilleur petit bouquin que vous pouvez trouver, c'est celui de Michel Lemoine, paru dans la chouette collection « Découverte Gallimard ». Il est parvenu à faire tout un panorama sur Simenon, sa biographie comme sa bibliographie, en une centaine de pages, un fameux exploit ! Et son iconographie est même plus riche que celle de votre « Pléiade » ! Mais je n'en ai plus un seul pour l'instant. Vous n'aurez qu'à repasser à l'occasion.

L'homme a un sourire pincé, hésite à répondre puis coiffe une fine casquette devant la porte. Qui s'ouvre soudain, poussée à la volée par une silhouette s'ébrouant aussitôt.

— Quel temps de Batave ! s'écrie Francis avant de se débarrasser de son imper trempé sur le porte-parapluie.

— Heureusement que monsieur n'est pas sujet néerlandais, répond Georges, avec un sourire diplomatique pour le client.

Un client à la mine perplexe qui sort sans demander son reste, mais en se demandant pourquoi il vient d'acheter un livre déprécié par son propre vendeur.

— Encore un qui ne viendra plus t'emmerder, Papa ! rigole Francis.

— Pas sûr, Maigret, le client de bouquinerie aime à être secoué, je dirais même plus, subtilement maltraité, c'est le b.a.-ba du métier... Observe bien comment font mes confrères !

— Hum... T'as raison, quand on y pense bien, ce sont tous de fameux *potikèts*. Et tu n'en es pas le moindre, Papa !

— Mouais... Écoute plutôt ça, mon Maigret, c'est Jean Renoir qui évoque son vieil ami Simenon : « Il est le commissaire Maigret. En a-t-il fumé des pipes avant

d'arriver à cette métamorphose. Et il est l'impitoyable petite fille flamande. »…
Georges détache le regard de ses notes, questionne :
— Là, tu identifies de quel roman il parle ? Allez, Francis, tu l'as lu, celui-là, j'en suis sûr ! C'est un roman sans Maigret, il se déroule dans le Limbourg…
— Mais oui, *La Maison du canal*. Bon sang, mais c'est bien sûr ! fait l'inspecteur, à la manière du commissaire Bourrel dans la série *Les cinq dernières minutes*.
— Bravo, tu as gagné un verre de Gigondas ! Vraiment, ce texte de Renoir est éclairant et…
— Attends, ton Renoir, là, c'est bien le cinéaste, celui de *La Grande Illusion*, le fils d'Auguste Renoir, le grand peintre des grosses dames toutes nues ?
— Idiot ! Mais oui, et même le cinéaste qui a tourné le premier Maigret en adaptant *La nuit du carrefour*… Et qui c'est qui jouait le rôle de Maigret pour la toute première fois, hum ? Le propre frère de Jean Renoir, Pierre, celui-là même qui…
— Ho, Papa ! Arrête de faire ton encyclo, tu me saoules. Et pour ça, je préfère ton Gigondas à tes jeux de quiz !
— Allez, Francis, laisse-moi encore te lire juste quelques lignes… C'est tellement éclairant pour nourrir mon bouquin !
— Faut savoir, bougonne Francis, ça éclaire ou ça nourrit ?
— Écoute ça, plutôt que de râler… Simenon « est le pêcheur qui se frappe le front sur le banc du

confessionnal… Dans ce confessionnal, Dostoïevski a déballé tout ce qu'il avait sur le cœur… » Et plus loin : « Comme confesseur, Simenon a choisi le public. » Formidable, non ? Qu'est-ce que tu dis de ça, mon vieux Maigret ?

Mais le flic liégeois ne dit plus rien, il se contente de regarder son verre de rouge. Et de penser fort à sa Lysiane.

Chapitre 25

Où quelques belles croquent la vie à belles dents sous le soleil exactement

— Oui, la même chose ! fait Lysiane, désignant au serveur leurs deux tasses vides sur la table.
— Heureusement qu'il a fait beau, reprend Annie, sinon notre manif au parc risquait de tomber à l'eau…
— Penses-tu, on aurait fait la performance quand même ! D'ailleurs, pour les journalistes, le spectacle aurait été encore plus photogénique sous la drache… Sept femmes, plus toutes jeunes et la poitrine nue, qui entourent une sculpture réputée scandaleuse au milieu d'un parc qui vient d'être une scène de crime sexuel, quel scoop d'enfer ! Alors, imagine, ces sept femmes qui auraient exhibé à deux mains leurs seins dégouttant de flotte, une vraie scène de Fellini ! Non, sous la drache, l'image aurait été plus marquante, avec une ambiance plus…
— Plus misérabiliste, en tout cas ! Déjà sous un beau soleil… Regarde mes pauvres petits seins tout raplapla,

quelle misère ! ajoute Annie, le doigt sur la une de *La Meuse* à moitié dépliée.
— Qu'est-ce que je devrais dire, moi, avec mon gros sein qui pend tout seul ! Mais ce n'est pas grave, ça... Ça n'a même aucune importance, on s'en fout des nichons des copines ! Je t'assure, on a réussi notre coup, toutes les sept, avec nos treize nibards triomphants, quel que soit leur état particulier. Peu importe les obus siliconés de Patricia, les belles poires de Geneviève ou les seins à la Birkin de Danièle, ce qui compte, c'est que la presse suive pour faire passer notre message... Donc, mission accomplie !
— Hum, oui, le journaliste a bien fait son boulot... C'est qui, ce BG qui signe l'article ? demande Annie.
— BG, c'est Bernard Gheur... Je l'ai rencontré une fois, aux Chiroux, à la sortie d'un de ses romans, je ne sais plus lequel...
— Connais pas ! Et ?
— Et Gheur, lui, connaît bien l'histoire de la ville, et son rappel de l'anecdote du *Faune mordu* avec ce scandale autour de l'œuvre de Jef Lambeaux, c'est une super idée. Tout comme citer cette phrase incroyable de l'article paru dans la *Gazette* d'alors...
Annie déplie le journal, l'approche de ses yeux puis l'en éloigne peu à peu pour mieux lire :
— Ah, voilà... « Cette double statue nue n'est rien d'autre qu'une tentative de viol exhibée sur la voie

publique… » Bon, on savait déjà qu'ils étaient plutôt coincés, question mœurs à l'époque…
— Quand même ! proteste Lysiane. L'œuvre de Lambeaux avait déjà fait le tour de l'Europe avec succès, et elle avait même reçu un prix chez ces puritains d'Américains, à l'expo de Saint-Louis, je crois. C'est dire si nos aïeux avaient des goûts de curés provinciaux ! Enfin, pas tous, puisque *Le Faune mordu* est quand même revenu à Liège…
— Il faut aussi reconnaître que la fille de la statue est vraiment sexy, avec ses seins dressés et ses cuisses entrouvertes…
— Sur ce plan-là, le faune a des arguments aussi, ajoute Lysiane dans un grand sourire. Enfin, même s'il est bâti comme Monsieur Muscle, il n'a pas l'air d'avoir complètement le dessus, hein ! Notre copine lui arrache quasiment l'oreille avec ses dents, rigole Lysiane. C'est peut-être ça qui a le plus choqué les vieilles barbes liégeoises de 1905 ! Que la fille ne se laisse pas violer en silence…
— D'où l'allusion de ton romancier-journaliste, à propos des crimes de maintenant et du dévoreur de seins, quand il parle à la fin de son article de « la revanche du faune »… Une phrase qui n'est pas trop de bon goût, je trouve.
— Tu sais, Gheur est aussi l'auteur de la phrase pseudo-philosophique qui légende la photo de la pin-up du

jour. « TV girl », ça s'appelle. Tu vois le genre, blonde nue à forte poitrine !

— Tous les mêmes, ces mecs ! Ils sont juste programmés pour ça, le sexe et le sang. Y a vraiment que ça qui les fait bouger...

— Pas faux, fait Lysiane dans un demi-sourire. Le tout est d'en trouver un pour soi qui n'est pas trop motivé par le sang.

Chapitre 26

Où il se confirme que les grosses cylindrées allemandes ne sont pas sans danger

Marre. Elle en a marre, Tina, marre de tous ces mecs qui rigolent pour rien ou qui se prennent le chou pour moins que rien, marre de toutes ces pétasses hystériques, marre de cette musique de merde, marre de ces cocktails pisseux, marre de ce bar minable, marre de cette ville, marre de cette vie.

La jeune femme repose son verre, se lève, accroche son sac à l'épaule droite et franchit la porte d'entrée restée ouverte. Sitôt sur le trottoir, elle se retrouve nez à nez avec un type, un quadra encore jeune, qui lui sourit en la regardant dans les yeux, puis lui glisse à l'oreille :

— Cinq mille francs pour une petite pipe, ça t'intéresse ?... Là, maintenant, dans ma BM... Je suis garé dans le parking tout juste à côté.

— Ton prix, c'est avec ou sans ?

— Pour cinq mille balles, à ton avis ?... C'est sans, *of course* !

— Sans, ça ne m'intéresse pas…
Tina détaille le visage du type, ses yeux… Elle se dit qu'il n'a pas l'air braque, ni trop chargé.
— Et avec ?… Mais alors, tu me fais une grosse ristourne.
— Avec, d'accord… Mais pas pour moins de mille !
— Ok, tu me suis. Dans la BM, on sera bien installé…
Dans l'ascenseur du parking, l'eau de toilette du type a vite fait de couvrir l'habituelle odeur d'urine. Un bon point, se dit Tina qui ne déteste pas les hommes parfumés. Quand l'étroite cabine s'ouvre, le client s'efface devant elle et l'invite d'un geste à sortir la première. Un deuxième bon point. Suivi bientôt d'un troisième, quand il lui ouvre la portière côté passager. En fait, la BM n'est pas terrible, une modeste « Série 5 » plus très neuve, mais les sièges sont en cuir.
— Tu veux d'abord parler un peu ou tu préfères ta gâterie tout de suite ? demande Tina en farfouillant dans son sac à la recherche d'un préservatif.
— Vas-y ! se contente-t-il de répondre, en extrayant lui-même son engin de son pantalon ouvert.
Tina se penche et prend le pénis dans sa main droite. Il est petit et flasque. Et manifestement lavé de frais, car une agréable odeur de savon incite la jeune femme à accorder un nouveau bon point à son client.
Hélas, au bout d'un temps dont la durée paraît différente aux deux protagonistes – trois minutes pour lui, trois plombes pour elle –, tous les bons points

semblent perdus tant la verge du bonhomme reste en rade, inerte. Tina se voit déjà coincée dans cette bagnole, à besogner jusqu'à la fin des temps un sexe hors d'usage. Le torticolis se rapproche, la sciatique n'est plus loin.

Il ordonne soudain :

— Enlève ton t-shirt et ton soutien, je pourrai sentir tes seins contre moi, ça va m'aider…

Tina se redresse, se retient de soupirer, puis s'exécute.

— Ils sont beaux, tes seins, gros comme j'aime… Bien dodus avec des tétons magnifiques ! On en mangerait, des belles poires comme ça ! Écoute, tu veux bien enlever ta culotte et te mettre à genoux sur ton siège ? T'inquiète, même si quelqu'un passe reprendre sa bagnole, il verra que tes fesses par la vitre… Voilà, ça, ça va m'inspirer, ça va bien m'aider à bander… Et donne-moi ta petite culotte, que je la respire… Ah… c'est poivré, c'est… On dirait presque… Mais oui, un peu comme le vétiver, hum… Ou alors…

Qu'il le sniffe ou qu'il le bouffe, mon string, se dit Tina, mais qu'on en finisse ! Elle relève légèrement la tête, entrevoit l'homme qui presse le sous-vêtement sous ses narines avec sa main gauche. Il ajoute, d'une voix étouffée :

— Oui, comme une odeur de…

— De pisse, sans dou…

Tina ne peut achever sa phrase tant la douleur est forte. L'étreinte de la main droite du type sur sa nuque provoque comme une décharge électrique, qui lui traverse le crâne et lui arrache un cri. L'homme en profite pour lui enfoncer la petite culotte dans la bouche.

— Ta gueule, conasse ! Tu vas te taire, dis !... T'es même pas fichue de me faire bander et tu veux faire la maligne avec moi, pauvre pétasse ? Je vais te montrer, moi ! Tu vas voir...

Tina émet soudain un son si particulier que son bourreau lâche sa nuque, mais c'est pour aussitôt saisir son sein gauche par le téton.

— Regarde ça, pétasse, regarde ! Maintenant, tu me fais bander... Regarde bien !

Il tire sur le téton d'un coup sec, recommence par saccades, puis le tord, le tord encore...

— Tu vois ! Tu vois que je bande, hein...

Tina suffoque, soulevée de spasmes de nausée, écrasée de douleur. Elle se débat de plus en plus mollement, ses côtes sont labourées par le levier de vitesses, son crâne cogne le volant, sa main... Sa main frôle un pénis, s'agrippe, assure bien sa prise autour d'une bourse demi-molle. Elle tire, elle tord, elle étire, elle écrase, cette main qui griffe, qui presse, qui compresse, qui lamine sans repos deux génitoires en perdition...

Chapitre 27

Où l'on constate que sainte Agathe n'a pas eu la vie facile

C'est peut-être le point faible des Églises évangéliques, comme de toutes les Églises protestantes, d'ailleurs. Nous, on ne peut pas broder de belles histoires édifiantes à l'infini à propos de tous ces milliers de saints et de saintes. En plus, ces papistes n'hésitent pas à en inventer des nouveaux chaque année.
Maintenant, c'est devenu trop délicat de se renseigner à l'Évêché, ou même au Musée d'Art religieux. On pourrait tout de suite me suspecter. J'aurais dû y penser plus tôt… Enfin, il suffit peut-être que je fasse le tour des églises de Liège. C'est bien le diable s'il n'en reste pas une quelque part, oubliée dans un coin ! Tous les curés n'ont pas été pareillement iconoclastes après Vatican II… Même avec une petite, et même en plâtre, je serais déjà content.
« Le consul furieux lui fit tordre les seins et ordonna ensuite de les lui arracher. » La phrase de Jacques de Voragine tourne comme un refrain dans ma tête. Elle a

beau dater du XIIIe siècle, cette *Légende dorée*, quelle puissance d'évocation ! Combien d'artistes ont déjà été inspirés par son martyre ? De toutes, je crois que celle de Piombo est ma préférée.
Ah ! Chère Agathe… Mon Agathe, tout à moi, toute…

Chapitre 28

Où l'homme balkanique console deux jeunes Wallonnes avec ses frites

Vanessa regarde son amie s'asseoir en face d'elle avec des yeux ronds.

— Mais… Mais, ma pauvre Tina, qu'est-ce qui t'est arrivé ? Qui est-ce qui t'a fait ça ?

— Un mec qui avait tout dans le pif et plus rien dans le slip ! Pas la peine d'en parler…

Tina est assez fière de sa formule. Trois jours qu'elle la peaufine tout en gardant la chambre, ou quasi, tout en soignant ses blessures, tout en méditant sur les risques de son très vieux métier et sur les misères de notre humaine condition. Tina n'aime pas pleurer sur elle-même, jamais. Après tout, elle ne s'en tire pas trop mal : aucune fracture, malgré quelques côtes froissées et une solide raideur de nuque, et aucune lésion irréversible, juste la lèvre inférieure violacée, la pommette droite assortie, le cartilage du nez intouchable, le téton gauche tout aussi intouchable, et le sein si tuméfié qu'on le dirait sorti d'une parodie de

film gore. Ah ! Elle allait oublier la perte de sa petite culotte.
Elle enlève sa veste d'un geste lent et précautionneux – surtout, ne pas toucher son sein gauche –, la pose sur la banquette à côté de Vanessa, et demande :
— Tiens, Atza n'est pas là, aujourd'hui ?
— Roselyne, la nouvelle serveuse, m'a dit qu'il allait arriver d'une minute à l'autre. Le pauvre Atza a eu une rage de dents ce matin... Il est chez le dentiste, à deux pas, tu vois ? Son cabinet est dans la petite cour Saint-Rémy... Sympa de l'avoir glissé entre deux patients ! Je suis arrivée tôt, Roselyne venait d'ouvrir la porte... J'ai pris une Urquell en t'attendant.
— Je vais t'imiter, ça me rafraîchira la gorge.
— On l'entend quand tu parles, on dirait que tu as toute une portée de chats dans la gorge ! Il a voulu t'étrangler, le salopard qui...
— Je n'ai pas envie d'en parler, Vanessa, je...
— T'as été voir les flics, au moins ?
— Vanessa, s'il te plaît, pas maintenant !
— Tu exagères, Tina, je...
— Ah, le voilà, le patron !
— Mesdames, bonjour ! Qu'aimeriez-vous manger ? Aujourd'hui, nous avons des cevapcici au kajmak, du podvarak, du muckalica et, bien sûr, du djouvec.
Tina ne peut s'empêcher de sourire chaque fois qu'elle entend Atza faire son numéro de restaurateur syldave

au « Klöw » dans *Le sceptre d'Ottokar*, une de ses chères lectures de petite fille.
— Tout compte fait, je vais prendre une brochette mixte avec des frites, beaucoup de frites ! Rien de tel pour se remonter le moral ! tranche Tina.
— Moi aussi, tiens, une montagne de frites ! Alors, Atza, pas trop souffert chez le dentiste ? s'inquiète gentiment Vanessa.
— L'homme balkanique est habitué à la souffrance, le stoïcien est son voisin ! assène Atza de son ton le plus solennel.
Mais le regard sombre de l'homme balkanique est contredit par le large sourire que n'arrive plus à cacher sa grosse moustache.
— Maintenant, Tina, tu vas me raconter ce qui...
— Ah non ! Ne recommence pas, je t'ai dit plus tard. Je n'ai pas envie de gâcher mon orgie de frites... Déjà que je vais culpabiliser un max après m'être empiffrée !
— Bon, plus tard, alors. Tu me le promets ? On doit se partager les infos sur les dingues qui...
Tina regarde son amie dans les yeux, puis dans une moue explicite, l'interrompt :
— Tu peux parler, toi, avec ton Agata ! Une vraie maman, hein, ta mère maquerelle nouveau style ? Une vraie viandeuse, oui !
— Bon, on ne va pas se disputer le jour des frites ! sourit Vanessa, conciliante. Laisse-moi plutôt te parler d'un nouveau client... Un client qui te conviendrait

beaucoup mieux qu'à moi, d'ailleurs. Toi, tu aimes les cérébraux, les intellos, non ? Et arrangée comme tu es, là, maintenant, ça te ferait presque des vacances... Mais oui ! Ce type, il se fait appeler Julius, il est très bien élevé, plutôt généreux... Et il ne te touchera même pas !

— Ces dames sont servies ! Vos frites, Mesdames ! chantonne Atza en déposant entre elles un plat au bord du tsunami.

Et il ajoute, d'une voix exagérément inquiète :

— Vous voulez vos brochettes quand même ?

Chapitre 29

Où la vérité finit par triompher : le père de Maigret est fils de poète

Quelle belle après-midi ! se dit Georges. Depuis qu'Indépendance est partie au boulot chez son juge, il n'a eu aucun client, ce qui lui a permis de travailler plus de deux heures sans lever la tête de son manuscrit. Il se redresse, tire les épaules en arrière tout en écartant les bras, puis inspire profondément. Quelle trouvaille ! Cette longue interview de Simenon âgé, sur son rapport à Dieu, par Henri Guillemin, est une véritable mine d'or, non, mieux, de diamants ! Il faudrait relire toute la correspondance avec Jean Mambrino, le journaliste jésuite, pour…

Georges se verse un fond de Gigondas et repose la bouteille à côté du petit sous-verre dressé devant lui. Le large sourire d'Indépendance attire aussitôt son regard. Il adore cette photo, prise sur la plage de Wissant lors d'une escapade en amoureux, en septembre dernier. Quelle chance il a, de l'avoir rencontrée, cette femme !

Et Georges va répéter que, décidément, c'est une belle après-midi, quand la porte s'ouvre brusquement...
— Papa ! J'ai un trésor pour toi, un trésor fabuleux ! Tu vas me bénir jusqu'à la septième génération quand...
— Te bénir, Guibert ? Te foutre un goupillon sur la tronche, oui ! C'est comme ça que je vais te bénir, moi... Dommage que je n'ai pas de goupillon, mais je peux le remplacer par le *Grand Larousse*, ou par un bottin de téléphone ! J'étais là, tranquille, en train d'écrire, et... c'est fichu !
— Pas de méthode policière avec les amis, hein ! C'est justement pour ton futur bouquin que je t'amène ce trésor... Un document inconnu, inédit, introuvable, incroyable. Tu vas être sur le cul, regarde ! Ou plutôt, non, assieds-toi et écoute
Et Guibert de brandir sous le nez d'un Georges résigné, une carte postale jaunie protégée par un étui en plastique.
— Voilà, la carte est datée du 6 octobre 1900, et elle est adressée à Mlle Henriette Brüll...
— Henriette Brüll ? La mère de...
— Attends ! Je continue... La carte représente la fontaine du Vinâve d'Île et la Vierge de Delcour avec...
— Guibert, nom de Dieu, donne-moi cette carte !
— Tatata... Si tu m'en donnes une fortune, peut-être, on verra ! Mais si tu es sage, et que tu ne m'interromps plus, je vais te la lire *in extenso*, en cadeau... Bon, le texte est intitulé *À toi*, c'est un poème. Écoute

bien… « Ô toi que j'aime à nommer / Ô toi si douce et si charmante / Mignonne laisse-moi t'aimer / Voici mon cœur, mon cœur qui chante / Ô toi dont le rire léger / Me fait l'espérance si belle / Mignonne laisse-moi t'adorer / Voici mon cœur, mon cœur qui t'appelle. »… Et c'est signé D. S.
Georges se lève comme un possédé, et crie :
— Désiré Simenon !
Il frappe son bureau du plat de la main et jubile :
— Désiré, son père ! Son père, alors jeune homme, qui écrit un poème d'amour à sa future femme, la propre mère de… Non, c'est fantastique, merveilleux, c'est… un don du ciel !
— Un don ? Un don gratuit, comme ça, pour rien, pas un centime, pas même un kopek ? Là, comme tu y vas, Papa, tu mets le Standard champion avant de commencer la saison !
Le carillon du magasin aurait-il jadis travaillé dans le corps diplomatique ? C'est en tout cas à ce moment précis qu'il interrompt cette délicate discussion par un tintinnabulement quasi helvétique. Quant à la porte, elle s'ouvre sur un grand bonhomme bien mis, qui hésite à peine avant de se diriger vers Georges et de lui tendre la main.
— Bonjour, monsieur, permettez-moi de me présenter, je m'appelle Stanislas Barberian et je suis un de vos confrères de Paris. Je suis à la recherche de belles pièces autour et alentour de Simenon…

Chapitre 30

Où la peur du gendarme désarme un « alfiste » chargé

Paul range sa vieille Alfa le long du quai. Il éteint les phares. Coupe le moteur. Baisse sa vitre. L'air frais de la nuit fait rougeoyer sa cigarette. Dilemme. Rentrer ou ne pas rentrer à Embourg ? Dormir ou ne pas dormir une paire d'heures, ici, dans son Alfa ? Respirer. Récupérer… Paul n'oublie pas. Cette fois, ce serait le retrait définitif du permis.

Combien de temps a-t-il dormi ? Il fait encore nuit. Pourquoi ce boucan ? Seraient-ce les trompettes des anges qui somment les colonnes du pont de Fragnée ? Qu'est-ce qu'il fiche au milieu du carrefour, juste à l'entrée du pont, ce poids lourd ? Et pourquoi il trompette comme ça, le routier ? Et pourquoi tous ces appels de phares ? Avec tous ses projos allumés sur la cabine, on y voit comme en plein jour…

On y voit… Deux types cagoulés qui s'encourent. Un mot, « Pudeur », peint en rouge sur la pierre du pont. Une statue monumentale de femme nue

vandalisée au niveau des seins et de l'entrejambe par un grossier bariolage couleur sang. Puis une nuit incertaine revient à l'entrée du pont de Fragnée. Un certain silence aussi.
Au bord du trottoir, Paul allume une cigarette. Il respire. L'air de la nuit et la fumée de sa Johnson. Ensemble.

Chapitre 31

Où le coup du lapin achève proprement la boulette porc-bœuf

Avec la langue, il prend soin de faire glisser chaque petit morceau sous les mêmes molaires, du côté droit de sa bouche (sa dentition y est plus assurée), puis de mâcher chacun lentement. C'est inattendu : la chair a la même texture, la même densité, la même tendreté. Et ce goût ! Identique, exactement identique. À moins que... Sa mémoire reptilienne le tromperait-elle ? Mais non, les premières émotions gustatives ne s'effacent jamais. Comment pourrait-il les oublier, les boulets de sa mère ? Les plus merveilleux, les plus parfaits boulets de Liège, surtout ceux à la « sauce brune » (curieusement, à la maison, on ne disait jamais « sauce lapin »).

— Tu y es arrivée ! Tu es la meilleure ! C'est exactement ça... Juste la bonne quantité de pain et d'oignons par rapport à celle de viande. Même chose pour la proportion porc-boeuf, elle est idéale... Et la sauce donc, ta sauce, une réussite ! Avec le clou de girofle qui modifie juste ce qu'il faut une impression de sucré qui aurait pu être trop présente... Un chef-d'œuvre, tes boulets à la liégeoise! Ton chef-d'œuvre!

Lysiane sourit. Elle connaît bien son homme. Avec lui, la diplomatie de la cuisine maternelle, ça marche toujours! Francis est un râleur, mais pas un rancunier. Et puis, c'est vrai qu'elle aurait dû le prévenir... Il n'a pas apprécié de se faire chambrer par des collègues alors qu'il n'était au courant de rien. Normal. Elle peut le comprendre. En réalité, elle s'en veut de ses cachotteries, d'avoir tenu Francis en dehors de son projet, de ne pas avoir vu en lui un allié, un complice.

— Tu sais, ma chérie, toutes les fritures de Liège peuvent fermer boutique. Aucune ne réussit à égaler tes boulets, ni « Amon Coco », ni « Au Cricri », ni « Chez Quèquè »! Nulle part, ils n'arrivent à garder cette tendreté... Il ne leur reste plus qu'à se recycler dans l'œuf à la russe ou dans le rollmops!

Lysiane éclate de rire, un vrai rire de gamine. Elle lui tend la main par-dessus la table.

— Viens! On rangera tout ça plus tard... Viens, j'ai envie qu'on se mitonne un câlin.

Chapitre 32

Où l'art de la photographie développe la musculature du modèle

— Reculez ! Reculez encore un peu... Voilà, c'est bon. Vous prenez l'attitude que vous voulez, mais vous restez bien face à moi, voilà... Maintenant, avec une main... oui, peu importe, la gauche ou la droite, c'est égal, vous soulevez le devant de votre jupe, voilà... Plus haut, encore, que votre main touche votre nombril... Parfait !

Julius laisse son Canon retomber en suspension sur son estomac. Son regard balaie les alentours. À cette heure, la petite route qui longe les vieux bastions de la Citadelle semble désertée, étonnamment. Personne en vue, sinon un couple qui s'éloigne avec un chien en laisse. Derrière son modèle, le panorama sur la ville et son fleuve reste spectaculaire malgré le feuillage des buissons.

— Maintenant, vous baissez votre culotte et on refait la même prise... Oui, écartez bien vos chevilles, que l'élastique de la culotte soit bien tendu entre elles. Voilà... Excellent!

Tina esquisse un sourire. Elle ne se trompe pas, la voix de son photographe est plus chaude, plus vibrante. « Bon, je crois que j'ai déjà compris beaucoup du personnage, se dit-elle. Le cliché volé, l'instantané porno, le *public upskirt*, c'est manifestement son domaine, son truc chéri, à ce Julius. Il y a une demi-heure, quand on s'est retrouvé à l'entrée de l'hosto (drôle d'endroit pour un premier rendez-vous, même avec une professionnelle!), il avait une tête de déprimé profond, et maintenant il affiche un sourire de gamin. Enfin, un gamin au minimum quinquagénaire, quand même! » L'homme vérifie un réglage à son appareil et le reporte à son œil.

— Pour la suite, vous enlevez complètement votre culotte... Attention, ne tombez pas! Avec vos jolis escarpins, vous n'êtes pas très stable sur une jambe... Vous êtes prête? Accroupissez-vous, s'il vous plaît. Plus bas, plus fléchie, les cuisses très écartées, voilà. Redressez le buste, oui, et relevez votre jupe... Plus haut, la jupe!

Pas facile avec des hauts talons! Pour ne pas basculer en arrière, Tina pose sa main libre à même le sol, un contact fort désagréable avec les gravillons mêlés à une terre salie de crottes de chien. Elle essaie alors de se rétablir, mais elle verse sur son côté gauche

et se retrouve allongée, sa cuisse nue écorchée par le bord du chemin.
Aussitôt, le photographe se précipite et tend un mouchoir en papier à Tina.
— Je suis désolé ! J'espère que vous ne vous êtes pas fait mal…
Tina renonce à répondre. Décidément, tous les mecs ont un problème avec leur sexe, invariablement et universellement monté au cerveau.

Chapitre 33

Où il est question d'Amazones

Ces pauvres folles n'ont rien compris à leur sexe. Elles ne méritent pas leur beauté, non! Toutes, elles ont reçu ce fabuleux trésor du Tout-Puissant et elles le galvaudent n'importe comment. Avec n'importe qui. Et n'importe où. Dans les rues, dans les gazettes, à la télé, partout, leur chair nue est là. Partout, c'est à en devenir fou!

Elles sont sept, ces femelles dépoitraillées... Sept! Elles l'ont fait exprès. Ce n'est pas un hasard si elles sont sept, j'en suis sûr... Sacrilège! La pire, la meneuse, je le sens, c'est l'amputée. Une Amazone, une authentique Amazone, elle, j'en suis sûr... Je dois la rencontrer, la connaître. Grâce à l'article de *La Meuse*, ce ne sera pas difficile de la retrouver. Quand elle me verra marcher vers elle, elle comprendra tout, j'en suis sûr!

Je voudrais parler au pasteur, raconter, expliquer, mais il est débutant. À son âge, il ne doit rien connaître de la vie, de la vraie vie, il n'a pas encore assez souffert pour ça. Il ne comprendrait pas, il jugerait, lui...

Chapitre 34

Où Scholastique se voit reprocher son sens poétique

Tous les jours de la semaine, en fin d'après-midi, le carrousel des bus sur la place Saint-Lambert est une noria. Des flots d'humains y sont déversés dans les galeries commerciales et les rues alentour. Serrées côte à côte sur le banc d'un abribus, Scholastique et Bibiche causent. Des choses de la vie, forcément.

— Je ne sais pas comment tu fais pour supporter un mec pareil ! soupire Bibiche.

— Oui, mais Guibert, il est très gentil avec moi, lui. Bien sûr que ce n'est pas le mari à marier. Dans la vie de tous les jours, c'est un enfant, et il ne sait rien faire de ses mains, sauf me bricoler moi, quand même... Mais il est plutôt habile de sa bite ! Et puis, au lit, c'est aussi un ado amoureux et romantique, il me lit même des poésies sur l'oreiller. Et j'aime bien ça...

— Ah, parce qu'il écrit de la poésie, en plus !

— Ben oui, il est trop mignon quand il me lit tout ça, des trucs de lui ou de *potes-powètes*, comme il dit.

— Ma pauvre Schola, c'est pas encore ce mec qui va te sortir de la merde ! Tu as l'art de toujours te maquer avec des ringards farfelus... Tu es encore plus grave qu'Indépendance ! Notre Chacha, au moins, elle a trouvé un petit commerçant avec une boutique à lui tout seul... Dommage qu'il fait dans les vieux bouquins et pas dans les ordis ou les téléphones portables, mais bon ! C'est mieux que rien... Alors que toi, un poète ! C'est une blague.
— Tu sais, Guibert, il est généreux. C'est toujours lui qui paie au resto, au magasin. Il me fait des petits cadeaux, plaide Scholastique en agitant son avant-bras devant son amie.
— Tu parles d'un cadeau, un bracelet pour gamine, qui n'a pas dû lui coûter trois cents francs !
— Moi, je le trouve joli...
— Faut te bouger, Schola, t'as quel âge, dis ! On n'a plus vingt ans, on doit penser au lendemain... Veux-tu que je te fasse rencontrer quelqu'un ?
— Ben, euh... Tu penses à qui ?
— C'est une femme chic, une femme qui connaît plein de monde intéressant.
— Elle est sympa ? demande Scholastique tout en regardant sa montre. Mais qu'est-ce qu'il a, ce bus, pourquoi il arrive pas ?
— Sympa, je ne dirais pas qu'elle est sympa, mais tout le monde dit qu'elle est très sérieuse en affaires. C'est ce qui compte, non ? Je ne l'ai encore rencontrée

qu'une seule fois, mais je dois la revoir la semaine prochaine… Elle est sans doute italienne, elle s'appelle Agata.

Chapitre 35

Où il se confirme que la gourmandise est un bien vilain défaut

Pourquoi a-t-il de plus en plus de mal à digérer ça ? Pourtant, dans sa longue et terne carrière d'inspecteur à la PJ, combien a-t-il déjà vu d'homicides -enfin, de reliefs plus ou moins sanglants de leurs résultats ? Réfugié tout au fond de son bistro habituel (*A Pilori* prend parfois des airs d'annexe du Palais de justice), Francis respire profondément la mousse de son Orval. Au point d'éternuer et de devoir essuyer le bout de son nez du dos de la main.

Pas besoin d'attendre le rapport du légiste ou celui de l'équipe technique, le cadavre parle tout seul. Tout comme il a été évident, dès les premières constatations, que le crime n'a pas été commis sur place. Où s'est-il livré à ses monstruosités, le dingue ? Mais est-ce bien le même pervers que pour les trois assassinats précédents ? Le *modus operandi* diverge au moins sur deux points : cette dissociation du lieu de torture, puis de mise à mort avec celui de l'abandon de la dépouille, d'une part ; et les blessures que le corps révèle, d'autre part. Cette malheureuse jeune fille rousse -qui n'a pas encore été identifiée en ce début d'après-midi- a subi l'ablation partielle de ses deux seins, l'un manifestement par morsure, l'autre par incision attentive au scalpel avant la découpe, semblerait-il. Une particularité qui ne va pas manquer d'inspirer les journalistes. Francis imagine déjà les titres des quotidiens du lendemain : « Le Dévoreur repasse à table » du comique de service à *La Wallonie* ; « Il est midi, Docteur Hyde » par le cancre du *Monde du Travail* ; « Le cru et le cuit » où le petit malin de *La Cité* expliquerait doctement que le présumé coupable a livré des indications sur la nature de sa pathologie psychologique, puisque le mode de consommation différenciée des seins de sa dernière victime distingue clairement la dévoration immédiate – donc primitive – de celle qui est délibérément différée, signe manifeste d'évolution chez l'humain sachant qu'une viande soigneusement découpée puis emportée est susceptible d'être ultérieurement consommée cuite… « Le cru et le cuit », donc ; etc. On le sait, dans le mauvais goût, ces plumitifs sont capables de tout. Mais ce qui interpelle l'inspecteur personnellement en personne – ce qui fait frissonner Francis d'angoisse, qui le plombe lourdement là, maintenant, devant son Orval – c'est l'endroit où le corps mutilé a été retrouvé… Soigneusement adossé au *Faune mordu*.

Délibérément associé à la manif *topless* de Lysiane et de ses copines devant la sculpture de Jef Lambeaux. Manifestement. Éloquemment.
Affreusement.

Chapitre 36

Où les histoires de *camera oscura* deviennent de sombres histoires

Tina n'en revient pas. Ce type est fou ! Pourtant, elle ne peut s'empêcher d'être amusée par le personnage. Intéressée aussi. Bien sûr, la nature de son intérêt est pécuniaire, mais pas seulement.

Elle laisse son regard flâner dans la salle. Elle n'est jamais venue dans ce restaurant, qui est une véritable institution dans la ville. Ses clients n'ont pas pour habitude de l'inviter au resto, surtout dans un établissement aussi luxueux. Tina glisse une main vers l'un des grands sacs empilés sur la chaise à côté d'elle, des sacs imprimés aux noms de marques prestigieuses. Et même si c'est Julius qui a choisi d'autorité tous ces vêtements, elle a un peu l'impression d'avoir passé son après-midi avec saint Nicolas en personne. Trois jupes, quatre chemisiers, deux blouses, une veste, deux robes et un manteau léger. Et deux paires de chaussures. Bien sûr, ce sont des escarpins à talons hauts ; bien sûr, les jupes sont amples, qu'elles soient plissées ou à godets, et les blouses très décolletées. Bien sûr, Tina sait que tous ces habits ont moins pour destination de la vêtir que de la dévêtir, que ces belles étoffes joueront plutôt le rôle de l'obturateur (non-exposition – exposition), voire du drap noir des pionniers de la *camera oscura*, aux yeux de l'obsessionnel photographe.

— Excusez-moi, Tina...

Julius se rassied devant elle, peigné de frais et délicatement parfumé.

— Vous désirez un autre dessert ?

— Je risque de déborder du cadre, alors !

— Laissez-vous tenter... Ici, les pâtisseries sont réellement excellentes. Je vous recommande leur jolie petite bombe au chocolat ou, dans de tout autres saveurs, leur si sensuelle île flottante, c'est exquis !

— Mmm... une île... comment résister ?

— Bravo ! Et puis, je voudrais encore vous garder une heure ou deux. Rétribuées, bien sûr. J'ai quelque chose à vous proposer qui me tient fort à cœur...

Chapitre 37

Où il s'avère nécessaire d'établir le distinguo de l'imago

— Allo, Lysiane, tu as vu *La Meuse* ?
— Je l'ai sous les yeux, la Meuse, comme toujours Annie, tu le sais, tu connais mon appart.
— Ma pauvre Lysiane, quand je vais te raconter pourquoi je t'appelle, tu risques bien de laisser tomber tes jeux de mots ! Tu n'as pas lu la presse ?
— Pas besoin, pour les mauvaises nouvelles, j'ai mon flic chéri ! Il m'a tout raconté : la nouvelle victime, ses mutilations, l'endroit où son cadavre a été retrouvé... Francis est mort d'inquiétude. Il pense que c'est un message du tueur à notre adresse. À toutes les sept.
— Ça paraît évident, non ?
— Pas pour moi. J'ai plutôt l'impression que c'est la statue elle-même qui doit lui parler, pas nos malheureux nénés alignés comme sur une photo d'excursion scolaire. Alors que les deux personnages du monument,

c'est autre chose ! Cette représentation de la rencontre charnelle comme une lutte, son image. Pour lui, peut-être même son imago…

Chapitre 38

Où l'on en découvre chaque jour un peu plus sur l'origine du monde

— Oui... Enfin, je connais sans connaître. Ce n'est pas très difficile, la reproduction figure dans tous les bouquins sur l'Histoire de la peinture de nus.
Julius offre son fin sourire à Tina. Décidément, cette fille est étonnante.
— Décidément, vous me plaisez, Tina.
À son tour, la jeune femme sourit à Julius. Elle ne peut s'empêcher d'être charmée par les belles manières de son généreux client, sa retenue, sa conversation, et même par ce voussoiement si inhabituel pour elle.
Sur le boulevard, la circulation est maintenant clairsemée, mais le Grand Café reste achalandé. Depuis qu'ils ont quitté le restaurant, Julius s'est montré intarissable, et ce ne sont pas ses trois expressos décaféinés qui en sont la cause. Tina, elle, est en train de se demander si l'homme touche au délire ou si ses propositions sont bien sérieuses...

Ainsi, ce projet de bouquin de photos (qu'il définit plus exactement comme « un luxueux portfolio ») prises à travers le cœur de Liège (« Comme Marc Rivière l'a fait à Paris »), avec une femme dévoilée dans le champ (« Vous, Tina ! Vous seule, vos seins, votre sexe... ») Et ses titres envisagés (*Ardente Cité*, *Nue en rues ardentes*, *Femme ardente en la Cité*, etc.), sonnent aux oreilles de la jeune femme comme une plaisanterie de potache. Mais Julius, lui, n'a pas du tout l'air de plaisanter. Il poursuit, d'une voix chaude de passion :

— En fait, Courbet n'a pas peint *L'origine du monde* d'après un modèle vivant...

— Vous voulez dire qu'il a peint une femme morte, un cadavre ? À la morgue, alors ?

— Non, non, Courbet était un sacré personnage, mais quand même... C'est le sexe de la maîtresse d'un certain Khalil-Bey, le commanditaire, un riche diplomate ottoman... On dirait « turc », aujourd'hui. La belle n'a pas posé en atelier, devant Courbet lui-même, mais pour un photographe spécialisé. Quel veinard, ce Belloc ! Et le peintre a créé son chef-d'œuvre d'après une simple photo porno, comme diraient les imbéciles...

— Est-ce que l'Histoire a retenu le nom de cette femme ? demande Tina, un brin goguenarde.

— Elle s'appelait Jeanne de Tourbey. On peut dire grosso modo qu'elle exerçait le même métier que vous. À l'époque, on parlait de cocotes...

— De poules, quoi !
— Exactement. Grâce à quoi elle finira comtesse, tout de même ! On sait que moins d'un petit siècle plus tard, en 1954 je crois, *L'origine du monde* se retrouve chez Jacques Lacan, un psychanalyste parisien, alors célébrissime. Et Lacan s'amusait beaucoup à dévoiler le sexe de Jeanne à ses amis. « Dévoiler » au sens propre, hein ! Parce qu'il avait fait installer un petit rideau de tissu opaque devant la peinture... Et il faisait coulisser le tissu, il levait le rideau pour lui seul ou pour de rares élus... Il levait la censure à son gré. Certains ont raconté qu'en lieu et place du rideau, c'était un autre tableau, un petit André Masson, qui cachait le Courbet, mais peu importe. Personnellement, je préfère la première version... Rideau ou tableau, la cérémonie du dévoilement est la même.
L'homme a-t-il perçu le très discret regard que Tina vient de poser sur sa montre ? « Quel bavard, ce type ! Il doit être prof ou avocat », se dit-elle.
Quoi qu'il en soit, Julius demande, sur le ton de la conclusion :
— Quand commençons-nous notre grand œuvre, Tina ?
— Je voudrais quand même vous poser une question qui me brûle les lèvres... Pourquoi moi ? Je n'ai rien d'un *top model*, alors qu'il y a tant de jolies filles avec un corps parfait !
— Justement, Tina. Moi, je veux une vraie femme, avec de gros seins un peu lourds, un peu abîmés,

comme les vôtres… Avec un sexe bien proéminent, avec d’épaisses lèvres rouges bien marquées, avec des poils sombres depuis le pubis jusqu’à l’entrejambe… À ce propos, Tina… De grâce, plus de rasoir, plus de crèmes, plus d’esthéticienne ! Surtout, ne vous épilez plus… Fini !

Chapitre 39

Où l'on nous répète en majeur que Guibert est un con majuscule

— Redis-moi ça...
— « Ce qu'il y a à dire du printemps, / Le printemps le dit »... Ce sont deux vers de François Jacqmin, un poète liégeois que j'ai...
Georges écrase son poing sur l'ouvrage qu'il est en train de cristalliser (pourtant une originale sur grand papier de l'*Entre deux anges* d'Alexis Curvers). Il éructe :
— Bon Dieu, Guibert ! T'es incurable, vraiment ! Ce n'est pas possible d'être aussi con... Parce que tu crois que ça change quelque chose ? Taguer, c'est taguer ! Pour la loi, en tout cas. S'en prendre aux petites bites qui garent leur 4x4 sur les trottoirs ou aux grandes banques en taguant des poèmes sur leurs agences, c'est kif-kif aux yeux des juges qui sont d'abord payés pour faire respecter l'ordre et la propriété privée... Oui, c'est comme ça, innocent ! Et quand on t'aura une fois de plus embastillé à la Violette, tu viendras encore pleurer sur l'épaule de Francis ! Tu ne crois pas

que les flics ont déjà assez de boulot avec le dévor... euh, le tueur ? Merde ! Voilà que je me mets à causer comme les pisse-copie des gazettes.
— C'est pourquoi tu ferais mieux de lire du François Jacqmin, Papa. Ou du Thiry, de l'Izoard...
— Et toi, tu ferais mieux de passer tes nuits bien au chaud dans les bras de Scholastique... T'es vraiment un con, Guibert. Tiens, tu me saoules trop ! Non, plus de Gigondas pour toi aujourd'hui... Et laisse-moi travailler !

Chapitre 40

Où Papa Georges et Indépendance Chacha communient à la vie horizontale en oubliant le missionnaire

— Tu ne dors pas, Georges ?
Le chuchotement d'Indépendance est une chanson douce. Georges renifle une centième fois puis retourne se blottir contre la croupe chaude de son Beau Nounours.
— J'ai dû boire trop de Coca, ça me chavire l'estomac. Tous ces breuvages à bulles, c'est pas très sain. C'est pas naturel comme un bon Gigondas. Et puis Guibert m'a énervé, mais énervé !
— Mon pauvre Georges... Tu veux un gros câlin ? Y a pas mieux pour bien s'endormir... Tu sais, Scholastique a maintenant un « deuxième bureau », question finances ! Guibert doit se sentir un peu délaissé... Alors, on fait l'amour ?
— Mmm... oui, mais « à la papa ».

Chapitre 41

Où l'on a une révélation à propos de Tina et d'une certaine Lambertine

Tous ses habitués le savent, Atza a la moustache conquérante et le sourire généreux pour chacun. Un sourire qu'il offre sans compter à ses clients en leur présentant la carte. Puis il propose, dans une modulation très slave :

— Alors, aujourd'hui, nous avons aussi comme plats du jour…

Tina l'interrompt avant qu'il ne se lance dans son habituel refrain gastronomique serbe, qu'elle adore pourtant entendre. Est-ce la présence de son compagnon qui n'est visiblement pas un familier de l'établissement ? En effet, Julius ne dissimule pas sa curiosité pour la décoration toute balkanique.

— Je disais justement à monsieur qu'ici les brochettes sont fameuses…

— Aussi ! Bon, les brochettes, agneau, bœuf, porc, ou un mix des trois ?

— Toutes au bœuf, fait Tina.

Aussitôt suivie par Julius, qui précise :
— Bien saignant, mon bœuf, je vous prie. Et votre meilleur rouge…
— Très bien, alors du Tzar Lazar, une sorte de sang de taureau serbe, un délice ! réplique Atza en calant les deux cartes sous son aisselle gauche.
Un silence notable, peut-être de trente secondes, que Tina brise :
— J'espère que vous aimerez…
— Je crois que je n'ai guère de préjugés en matière de nourriture. Vous savez, j'ai été un petit garçon qui a longtemps mangé chez sa grand-mère… Une vraie grand-mère de jadis, avec des cheveux blancs en chignon et le bedon rond couvert d'un tablier de cuisine à grosses fleurs… On mangeait du fromage de Herve bien puant, du *matoufèt*, de la *furzêye*, du *lèv'go*…
Tina soulève deux sourcils interrogatifs. Julius reprend :
— Ce sont les appellations wallonnes de préparations indigènes, qui n'ont donc pas d'équivalents en français.
— J'en connais certaines… Mon arrière-grand-mère Lambertine adorait le *matoufèt*, et moi ça me faisait sauter le cœur.
— Lambertine ? Amusant ! C'était aussi le prénom de ma grand-mère…
— Et le mien, d'ailleurs, le vrai ! Lambertine est vite devenue Tine, puis Tina à l'école maternelle.

— Magnifique ! Nous étions faits pour nous rencontrer, pour mitonner ce futur beau livre ensemble... On va fêter ça. Demain, je vous emmène au restaurant *Amon nos-ôtes* après les séances de pose. Vous connaissez ? C'est en Neuvice. Ils doivent être les derniers à proposer toutes ces délicieuses liégeoiseries... Leur *lèv'go* est une merveille, et leur salade au pis est unique...
— Au pis ? s'étonne Tina qui hésite à comprendre.
— Oui, s'enthousiasme Julius. Au pis de vache, bien sûr... La texture de la chair est unique, d'abord granuleuse, puis douce au palais... Mmm... Le pis, j'adore ça !

Chapitre 42

Où l'on apprend vite à différencier les marches de la course

Annie fait mine de consulter sa montre dès qu'elle aperçoit son amie déboucher au coin du temple antoiniste.
— Non, il est moins une, je ne suis pas en retard ! proteste Lysiane dans un grand sourire.
— Tu as acheté un nouveau jogging ? demande Annie. Plutôt flashy, ce jaune ! Avec ça, tu peux même t'entraîner sur les boulevards et courir entre les bagnoles, tu ne risques pas de te faire renverser !
— Ma petite vipère chérie… Garde plutôt ton souffle pour escalader les trois cent septante-quatre marches de la Montagne de Bueren !
— Trois cent septante-quatre, vraiment ? demande Annie, le regard tourné vers le dénivelé redouté. Incontestablement, la vue en contre-plongée est intimidante pour quiconque contemple le vieil escalier urbain depuis sa base. Annie reprend :
— Pour une première montée d'entraînement, si on prenait ici à gauche, le long de l'ancien béguinage,

par le sentier des Coteaux ? C'est moins raide et plus verdoyant. On arrive à la cour des Minimes et il ne reste plus que le bout de la rue du Péry pour rejoindre le haut de la Montagne…

— Tu peux aussi monter avec le bus de Sainte-Walburge, ricane Lysiane.

— T'es sotte ! Non, je t'assure, le parcours est vraiment joli, tu dois le découvrir. Et puis, question sport, le dénivelé est le même. On redescendra par l'escalier…

— Trois cent septante-quatre marches en sautillant, ça va nous galber les mollets.

Chapitre 43

Où il ne faut pas mélanger les règles avec le règlement d'accès à l'église

— « La merveille de Liège », c'est le surnom que Victor Hugo avait donné à l'église Saint-Jacques. Alexandre Dumas aussi, d'ailleurs.
— Ah bon ? s'étonne Tina qui considère, d'un rapide regard dubitatif, les vieux murs disparates que la pluie estompe.
Julius referme son parapluie dès le portail Renaissance et enchaîne :
— Avec la drache, ce n'est pas le bon moment pour détailler l'extérieur du monument. De toute façon, la merveille de la merveille est à l'intérieur... Mais ce vestibule d'entrée est un bel endroit pour quelques prises de vues. Déposez votre veste derrière moi... Et voici de quoi vous essuyer les jambes.
Tina prend le petit drap immaculé, le déplie et s'exécute.
— Regardez comme ce contraste entre la pierre de la muraille et votre peau nue est troublant. C'est

magnifique ! Dans notre livre, ce sera vous, la merveille de Liège ! Bon, vous êtes prête ? Posez votre jambe gauche fléchie sur le rebord du mur… Oui, vous relevez votre jupe jusqu'en haut de vos cuisses. Voilà, bien… Je la double. Très bien… Maintenant, vous allez grimper sur ce bas flanc de pierre –je vais vous aider, donnez-moi la main !– et vous accroupir, la jupe complètement levée et les cuisses ouvertes… Mais Tina ne tend pas la main. Elle toussote, avant de dire :

— Il y a un problème, Julius. Je suis réglée depuis ce matin… C'est imprévu, une grosse semaine en avance. Désolée, mais la ficelle du tampon va se voir sur…

— Il vous suffit de le retirer, ce tampon, rétorque vivement Julius. Ce n'est pas un problème. Allez, enlevez-moi ça bien vite !

— Mais… le premier jour, mes pertes sont abondantes. Dès que je vais écarter les cuisses, le sang risque de couler et…

— Fort bien, vos menstrues ajouteront une féminisation supplémentaire à nos clichés… Vous savez, ça ne me dérange pas du tout de voir du sang, bien au contraire !

Chapitre 44

Où il paraît prudent de ne pas confondre sainte Agathe et Agata

Bibiche repose son verre de gin tonic brutalement, un peu d'alcool se répand sur la table. Sans rien dire, Scholastique l'essuie avec un mouchoir en papier. Elle connaît sa Bibiche, il ne faut surtout pas l'interrompre !

— Tu te rends compte, cette salope d'Agata, elle m'a sorti ça calmement, avec un grand sourire… Que le casting n'était pas concluant, que le client trouvait mes seins trop petits et mes aréoles trop larges, qu'il n'aimait pas ça et qu'il disait savoir d'expérience que des tétons comme les miens étaient toujours coriaces… Et son client pourri lui aurait aussi dit qu'il me trouvait trop noire, que le sang ne se verrait pas assez sur ma peau. Tu te rends compte, Schola, une vraie négrière, cette poufiasse d'Agata !

Scholastique opine, puis éloigne prudemment son verre de Coca du ballet enfiévré des mains de son amie. Elle a conscience que les quelques consommateurs de la taverne s'intéressent de plus en plus aux vociférations de Bibiche, mais comme on sait : bien faire et laisser dire...

— Je l'aurais étranglée ! Je lui aurais arraché les yeux rien qu'avec mes ongles, mais elle était accompagnée de deux sbires, genre rital, qui ne me quittaient pas des yeux... Elle a même osé me siffler : « Vous comprenez, avec la somme que mon client paie pour une seule rencontre, et tous les frais médicaux qu'il s'engage à honorer ensuite, il a le droit de se montrer exigeant. » Dis, Schola, est-ce que tu te rends compte, dis ?

Scholastique pose une main apaisante sur le poignet de Bibiche, qui poursuit d'une voix plus sourde :

— Moi qui comptais sur le pactole promis pour ne plus avoir à subir la connerie et les cochonneries des hommes, c'est foutu !

Chapitre 45

Où il est révélé que le *vôtion* est le meilleur ennemi de la femme d'action

— Tu vas voir, dans une quinzaine de jours, on sera capable de faire notre petit circuit deux fois d'affilée...
Annie coule un regard incrédule à son amie. Elle souffle, entre deux ahanements :
— Deux fois... d'affilée ? Alors il faudrait marcher plus... Moins courir !
— Mais on ne court pas, on trottine, rétorque Lysiane tout sourire – qui se garde bien d'avouer que ses mollets bétonnés sont fort douloureux.
— Tu es pressée ? On va boire un café... avec une petite douceur ? J'ai une de ces envies de *vôtion*, mmm...
— Avec tout le sucre que tu vas ingurgiter rien qu'avec ton petit quartier de *vôtion*, c'est dix circuits qu'il te faudra courir ! Non, aujourd'hui, je suis obligée de faire la lâcheuse, j'ai deux corvées qui m'attendent. Et avant, je dois passer à la Grande Pharmacie chercher les médocs de Francis.
— Il est malade, ton Columbo ?

— Pas vraiment, mais il dort mal. Il ne vit pas très bien cette histoire de tueur en série, tu sais. Et il se fait du souci pour moi... Enfin, pour nous toutes ! Il est persuadé que notre manif *topless* a provoqué le dingue, qu'il risque de s'en prendre à nous... Si j'écoutais Francis, je resterais enfermée toute la journée dans l'appart. Je n'ose même plus lui raconter nos joggings sur les Coteaux. Il prétend que le coin est trop désert. Il a même insisté pour qu'on aille plutôt courir sur la piste de Xhovémont ou à la plaine de Cointe. Tu nous vois galoper avec des jeunes éphèbes musclés qui tournent en rond ?
— Pourquoi pas ? Maintenant qu'on fait la une des gazettes à poil, ils seraient à nos pieds, non ? rétorque Annie, tout sourire.
— Pas si tu t'empiffres de *vôtion*, malheureuse !

Chapitre 46

Où l'on trouve sainte Rita, patronne des causes perdues

— Vous connaissez le cloître de la collégiale Saint-Denis, Tina ?
— Le cloître… Vous voulez dire là où il y a plusieurs statues avec des tas de bougies allumées ? Et souvent des filles, qui travaillent dans le quartier, qui viennent mettre un cierge à sainte Rita ?
— Exactement, celles parmi vos consœurs qui officient dans les carrés derrière la Grand-Poste… Savez-vous que Simenon les évoque dans ses *Dictées* ? Vous voyez, c'est une habitude déjà ancienne pour les Liégeoises du métier.
— Notre décor pour cet après-midi ?
— En partie. Nous travaillerons aussi dans les nefs. Il y a là un retable exceptionnel. Et c'est aussi là que notre Georges Simenon a été baptisé !
Tina regarde parler Julius plus qu'elle ne l'écoute décrire les images, les plans qu'il prévoit. Qu'il voit déjà…

La jeune femme chipote le contenu de son assiette d'une fourchette hésitante, trempe à peine ses lèvres dans son verre. Elle redresse le torse, inspire longuement.

L'image présente, pour Tina, serait-elle déjà celle de la routine ? En tout cas, celle du déjà vu... Même restaurant étoilé, mêmes sourires des mêmes protagonistes, même discours de Julius, même rôle pour Tina, mêmes descriptions minutieuses des scènes de prise de vue, même enthousiasme projectif du photographe, mêmes bavardages de table...

— Comment sont vos rognons à la liégeoise, Tina ?

— Bien.

— Vous semblez un peu lasse, comme si vous étiez ailleurs. Vous êtes souffrante ?

— Non, non, ça va...

Julius pose ses couverts, porte la serviette à sa bouche. Il fixe son invitée, cherche son regard. Il demande d'un ton égal :

— À quoi sert-il que je choisisse pour vous un chemisier fait de voile léger si vous portez dessous un soutien-gorge quelconque ?

Tina ne répond rien. Il la questionne à nouveau, *recto tono* :

— Vous avez vu *L'Été meurtrier*, le film de Becker avec Souchon et Isabelle Adjani ?

— Euh...peut-être. Je ne m'en souviens pas.

— Si vous l'aviez vu, vous ne l'auriez pas oublié. Des images si fortes ! Alors il faut que je vous explique la scène que vous allez jouer.
— À Saint-Denis ?
— Non, ici, maintenant... La scène se passe entre Adjani et son ancienne prof de lycée, dans un restaurant. Elles sont en train de manger face à face quand Adjani lui demande d'aller retirer son soutien-gorge aux toilettes puis de revenir s'asseoir à table avec seulement son chemisier, un chemisier presque transparent...
— Et la prof a obéi ?
— Bien sûr, et vous allez faire de même !
— Vous croyez ?
— J'en suis persuadé, ma chère Tina... Allez, avant que le dessert ne soit servi. Allez, vite !

Chapitre 47

Où l'on pourrait se faire du mauvais sang

En réalité, elle est forte, très forte. Elle triche, bien sûr. Et Moi, déjà si affaibli. Il faut que Je rachète cela par l'esprit. L'esprit. L'esprit est le sang des corps malades. « Gardez-vous du sang », disent pourtant les Écritures. Père, ai-Je tort ? Mais non, puisque Vous l'avez conduite jusqu'à Moi. Jusqu'à Mon humble demeure ici-bas. Vous avez voulu ça, Père. Vous Me l'avez offerte en sacrifice sur le pas de Ma porte. Je ne Me déroberai pas. Même si Je dois combattre à nouveau. Même si Mon sang malade alourdit Mes mains et Ma bouche. Payer, elle le doit. Il le faut. Elle est de leur race, celle des filles d'Arès. Elles sont la duplicité incarnée. Elles convoitent l'infirme. Elles s'emparent de la semence divine. Elles engendrent l'éternelle turpitude. L'Amazone M'est livrée, il en a été décidé ainsi, Je dois M'y conformer, Je dois obéir...

Chapitre 48

Où il est proclamé une des preuves de l'existence de Dieu

— Il n'y a pas à dire, mais je tiens mon Gigondas pour une des preuves de l'existence de Dieu, proclame Georges sur le ton de la confession.

Œcuménique, Francis opine du chef en flûtant un « *amen* » convaincu. Quant à Guibert le mécréant, la bouche pleine de divin breuvage, il ne se risque pas à la controverse, de peur d'en perdre une goutte.

— Rien de tel qu'un verre entre amis pour oublier un peu le quotidien, soupire Francis. Entre l'enquête qui piétine et les journaux qui cavalent après tous les faux bruits et qui en font des romans, je ne vous dis pas...

— Faut bien qu'ils torchonnent leurs feuilles de chou avec du neuf tous les jours, grince Guibert qui n'a jamais obtenu la moindre recension sur ses deux plaquettes de poèmes autopubliées.

Il se reverse d'autorité une rasade de Gigondas avant de poursuivre :

— Avez-vous déjà remarqué, à propos de ce qui s'écrit dans les gazettes… pour peu que vous y connaissiez quelque chose au sujet évoqué ? Eh bien, quand ce n'est pas carrément faux, c'est en partie erroné, ou imprécis, ou incomplet… Et dans les bouquins, c'est souvent kif-kif.

— Hum, pas faux ! intervient Georges. J'y pensais encore ce matin en relisant la biographie de Simenon par Assouline. Un bon bouquin, solide, sérieux et tout. Mais pour quelqu'un qui connaît les détails de sa jeunesse à Liège, le livre n'est pas irréprochable. Il y a même des trucs factuels qui vasouilleraient plutôt…

— Ah bon, s'étonne Francis. Quoi, par exemple ?

— Et si on l'envoyait un peu se faire voir ailleurs, votre Simenon, les gars ! rouspète Guibert. On peut pas l'oublier cinq minutes, non ? Allez, moi, ce matin, j'ai lu une phrase géniale, une vérité première vraie de vraie, sur notre époque de petits friqués en 4x4… Alors, vous allez deviner de qui elle est, je cite : « N'étant ni femme, ni Noir, ni homosexuel, je n'ai pas grand-chose à attendre de l'avenir »…

— Pierre Desproges ? propose Francis.

— Simenon ! ricane un Georges vengeur.

— Woody Allen, bien sûr ! lance Indépendance dans un grand rire.

Et, couvrant les applaudissements nonchalants de Guibert, elle poursuit :

— Bon, je file, mon Georges, j'en ai pour une bonne heure. À un de ces jours, les hommes ! Alors, Guibert, tu sais maintenant pourquoi je suis une femme d'avenir, triplement… Et ta Scholastique aussi !

Chapitre 49

Où l'on est tenté d'adopter les principes de Sir Winston Churchill quant au choix de la meilleure hygiène de vie

Marrant comme au fil de la course les pensées peuvent se succéder sans ordre raisonné, même s'entrechoquer l'une l'autre. *L'esprit se balance, les idées se baladent*, songe Lysiane, qui n'est pas mécontente de sa formule. Quelle lâcheuse, cette Annie, brosser leur entraînement pour trois gouttes de pluie ! D'ailleurs, il ne tombe déjà plus rien.

Lysiane est fière d'être restée sourde au chant des sirènes interprété par Annie la douillette, et plus encore d'avoir résisté à l'appel de son canapé avec vue… Hum, deux coussins moelleux, un verre de Sancerre bien frais et un bouquin passionnant, c'est évidemment plus tentant que de crapahuter sur les marches inégales d'antiques escaliers. Des escaliers cernés de vieux murs quasi ruinés et squattés par une abondante végétation facétieuse, qui choisit de s'égoutter au passage de la joggeuse. « Trois gouttes, tu parles ! », peste Lysiane à mi-voix. « Tu parles d’un Golgotha sous la drache, plutôt ! » Décidément, elle aurait mieux fait de rester dans le cocon de son salon en compagnie de la Marquise de Brinvilliers… Ah, la belle empoisonneuse ! Deux paires d’heures qu’elle a commencé, entre croissant et café, le roman d’Irène Stecyk où elle a rencontré cette *Petite femme aux yeux bleus*, et il lui tarde déjà de la retrouver dans son XVIIe siècle… Et si elle repassait chez le boucher Longtain avant de rentrer, histoire de se préparer un roboratif filet américain maison pour souper, avec une platée de grosses frites bien tendres… Sûr que ça soutiendrait le moral de Francis. Le pauvre, il en a bien besoin, cette enquête finit par le dévorer tout cru. Enfin, le mot *dévorer* n’est pas du meilleur goût, disons qu’elle le ronge, quoi ! Et si elle se…

— Merde !

Lysiane n’a pas achevé son juron qu’elle se retrouve étendue au sol, un genou ouvert sur une pierre saillante et le visage écorché par des ronces baladeuses. Saloperie de godasses de sport ! Le vendeur lui avait pourtant vanté leur vertu antidérapante. Elle roule sur elle-même, s’assied sur une marche boueuse sans se soucier de maculer un peu plus le jaune flashy de sa combinaison. Au fond d’une poche, elle finit par découvrir un mouchoir en lambeaux, avec lequel elle s’essuie les yeux puis les pommettes. Le papier s’imprègne d’un peu de sang. « Rien de grave », murmure-t-elle en cherchant à se relever... Mais son genou blessé refuse toute fonction. Les fesses à nouveau sur la pierre salie, elle écarte le tissu déchiré pour examiner sa blessure. Guère de sang, la peau n'est que superficiellement écorchée, mais l'articulation a doublé de volume et l'œdème semble encore s'étendre. Elle a à la fois envie de rire et de pleurer. La douleur intense qu'elle ressent ne l'empêche pas d'être consciente du côté farcesque de sa situation... Être là, immobilisée et seule au cœur de la vieille cité, à cent mètres tout au plus de rues achalandées, de maisons habitées, et en être réduite à quoi ? À crier à l'aide ? Mais les bruits de la ville couvriront ses appels. Être là, à attendre quoi ou qui ? Et avec le sentiment d'être ridicule, en prime...

— C'est bien le diable si personne ne passe par ici avant la nuit ! maugrée Lysiane. Sinon, j'en serai quitte pour ramper jusqu'à la cour des Minimes... Mais combien de mètres, de temps ? Putain ! C'est vraiment con, le sport...

Un oiseau vient se poser sur un buisson tout proche. Il tourne plusieurs fois la tête, comme s'il regardait la blessée d'un œil puis de l'autre. Elle se garde de bouger, retient un sourire. Comme il est mignon, si fragile. Lysiane ne connaît pas les oiseaux, leurs noms, leurs « marques ». Il lance un trille, un second, puis s'envole. Bon, c'est bien joli, tout ça, mais quoi d'autre ?

Où restent donc les habituels promeneurs, les joggeurs quotidiens, les naturalistes citadins, les baladeurs de chiens incontinents ?

— Au secours ! Je suis blessée, hurle Lysiane. À l'aide !

Chapitre 50

Où l'on rencontre un monde fou fou fou

Ils sont arrivés un peu essoufflés à la Tour des Vieux Joncs. Puis il lui a demandé de s'adosser à la muraille, jupe relevée, afin que la peau de ses fesses soit bien marquée par les reliefs de la pierre. Elle a eu un bref mouvement de recul quand son épiderme est entré en contact avec la surface froide et humide. Elle est prête. Il porte le viseur du Canon à son œil droit.
Elle est allongée de dos sur le tapis de feuilles et de brindilles en décomposition qui borde les marches, ce qui lui permet de mieux faire glisser son corps en s'aidant de ses coudes et de sa seule jambe valide. Elle est en nage, déjà épuisée. Et ce genou qui bat comme un cœur affolé ! Combien de mètres a-t-elle parcourus ?
Il est en arrêt, comme un chien de chasse. Sa future victime est là, allongée en contrebas, à deux pas de chez lui. Déjà plusieurs jours qu'il l'a reconnue, gambadant sous ses fenêtres avec une autre femelle. Qu'il l'attendait. Elle vient maintenant à lui, toute seule,

en se traînant, pour se livrer elle-même, pour s'offrir à lui. L'Amazone, la femme au sein unique. Mais au contraire d'un chien de chasse dressé à laisser le gibier à son maître, il va se ruer sur sa proie, il va la mordre, la déchirer, la déchiqueter, l'avaler...

Chapitre 51

Où l'on apprend à différencier les bêtes bébêtes de la bête

Elle tient à deux mains sa jupe relevée jusqu'à son nombril. Le contact de ses fesses nues avec les feuilles mortes la fait frissonner mais la mollesse du sol la surprend agréablement. Elle allonge ses deux jambes pour assurer son assise puis en fléchit une jusqu'à ramener le talon contre sa cuisse. Le déclencheur du Canon crépite à chacun de ses mouvements.

Combien de temps écoulé depuis sa chute ? Elle a l'impression que la peau de son genou blessé va éclater tant l'œdème gagne en volume. Elle serre les dents. Son jogging trempé l'alourdit encore. Il faut agir, bouger... Combien de centimètres parcourus à chaque poussée de sa jambe rescapée ? Trente, quarante centimètres tout au plus. Tout ça pour ça ! Elle sait qu'il vaut mieux ne pas se livrer à des calculs de distance, de temps. Elle a envie de pleurer. D'impuissance, de découragement, de rage. De douleur aussi. Pourtant, il lui faut repartir, s'arcbouter à nouveau. Elle s'oblige d'abord à respirer lentement, profondément. Elle ferme les yeux un instant, les rouvre. Son regard se fixe sur une touffe d'herbes jaunâtres à moins d'un mètre de sa joue gauche. Les brins tremblent, s'écartent. Deux yeux ronds brillent un court instant, suivis d'une petite boule de fourrure brune et d'une longue queue rosâtre. Un rat ? Elle ressent comme une décharge électrique dans tout son corps avant de pousser un bref hurlement, d'autant que l'animal choisit de parcourir son torse avant de traverser le sentier et de se réfugier dans le sous-bois. Elle s'est assise machinalement et s'ébroue, comme pour se débarrasser de son dégoût, de sa peur. Un rat ? Ou alors une autre de ces bestioles plus ou moins ressemblantes, mais qui portent un nom autrement rassurant : campagnol, lérot, souris, musaraigne ? Maintenant, une autre question la saisit. Et si le rongeur avait été apeuré par un de ses prédateurs naturels ? Un serpent... Une couleuvre, alors. À moins que... N'a-t-elle pas lu quelque part que les vipères sont revenues en Wallonie ? Pas à proximité des villes, quand même ! Bon, mais c'est surtout en ville qu'il y a des herpétologues amateurs, des collectionneurs de reptiles, et les serpents, ça rampe partout, ça s'échappe dans les conduits, dans les égouts, dans les jardins... Sans parler des dingues qui s'en débarrassent bien vivants et les abandonnent dans les parcs, les terrains vagues, les petits coins de nature oubliés dans la cité... Elle se mord les lèvres, reprend sa position sur le dos, cale son talon dans la terre. Elle étend la jambe. Elle a avancé d'une trentaine de centimètres.

L'homme s'approche lentement. Il prend soin de ne pas glisser. Il ne résiste plus au plaisir de signaler sa présence à la femme allongée.

Il chantonne :

— J'arrive, j'arrive, chère Amazone, j'arrive... Me voici, belle Amazone ! Voici le Bon Samaritain...

Dans sa position incommode, Lysiane distingue à l'envers une silhouette qui descend le sentier, un homme manifestement, quelqu'un qui va s'occuper d'elle, enfin. Elle veut se retourner, grimace, à nouveau une douleur vive traverse son genou gonflé...

Chapitre 52

Où la pratique de la photo érotique ôte la femme de la bouche du méchant

Quand a-t-elle compris que c'est lui ? Que c'est lui, l'assassin, qui se penche sur elle ? Un bref regard lui a suffi. Ce rictus qui se voudrait sourire, des yeux... Le pervers, le tueur en série, c'est lui, lui qui se penche sur elle maintenant, qui s'assied sur son ventre pour mieux l'immobiliser. Lui encore qui déchire la combinaison de jogging, qui arrache le soutien-gorge, qui saisit à deux mains le sein de Lysiane, le presse tant entre ses paumes, le pince tant entre ses doigts qu'un peu de sang perle du téton.

Il se redresse à demi pour mieux admirer son œuvre de sculpteur fou, il salive tellement que son menton dégoutte de bave. Lysiane est comme enfermée dans sa douleur, dans une terreur indicible, pétrifiée telle une statue de sel vouée aux enfers. Elle a compris. Tout. Elle attend sa fin.

L'homme, lui, n'en peut plus d'attendre. Il tremble de désir devant toute cette chair qu'il s'est offerte

une fois encore. Il a trop faim de cette viande pour ne pas la dévorer toute. D'abord, il veut ce téton dans sa bouche, il veut ce sein en lui, entièrement en lui. Il se penche tout contre, ouvre grand ses mâchoires sur l'aréole. L'odeur, le goût du sang aiguise plus encore son irrésistible appétit. Il laisse entendre un grognement, un feulement de fauve…
Des cris.
Mille cris de la bête, de sa proie.
Des cris de Tina aussi. Et de Julius. Un Julius qui maintenant frappe à grands coups de Canon le crâne du tueur qui, bientôt sonné, lâche enfin prise.
Des cris encore, mais différenciés. De Tina qui s'est agenouillée près de Lysiane et qui l'aide à recouvrer ses esprits. De Lysiane qui commence à réaliser peu à peu qu'elle va vivre. Et du dévoreur qui, le crâne ouvert, le visage sanglant et les poignets attachés par les collants de Tina, comprend enfin qu'il va être privé de son repas préféré. Définitivement.
Du moins, on peut l'espérer.

Épilogue

Où l'on prend les mêmes pour recommencer

Georges Simon, alias Papa, vient de terminer la relecture de son bout de manuscrit. Il est perplexe, sombrement perplexe, ce qui n'améliore pas son naturel bougon mais encourage sa consommation de Gigondas.
Guibert, lui, s'essaie à rimailler dans un coin, à l'imitation de textes de Robert Goffin, dont un volume des *Œuvres poétiques* est ouvert sur ses genoux.
Entre Francis Dangé, alias Maigret, alias le flic le plus soulagé de la ville, alias l'amoureux le plus heureux du monde.
— Lysiane va bien ! Elle pourra quitter l'hosto dès demain. Je viens de parler avec le toubib, elle ne devrait pas garder de séquelles.
— Bonne nouvelle, ça, Maigret ! On va fêter l'événement au Gigondas, tournée générale !
— D'autant que je viens de lui demander sa main…
— Elle a refusé, au moins ! rigole Guibert.
— Même pas, les amis, elle veut bien devenir Madame Dangé, clame un Francis radieux.

Affairé autour d'une bouteille, Georges vient de casser le bouchon à mi-course du goulot. Il bougonne :
— Saloperie de liège... Et, dites, vous vous rendez compte ? Je n'en reviens toujours pas... Cette saloperie de client ! Quand je pense que j'ai servi ce pervers bouffeur de bonnes femmes ici, dans ma librairie... Ce dévoreur en série à qui j'ai fait l'article du roman sur le Père Antoine, ce psychopathe à tronche de trader qui nous emmerdait avec ses leçons de pudeur publique... Un comble !
Apparaît Indépendance, qui traverse la librairie en tenue de sortie.
— Tu n'as pas oublié, hein, mon Georges, après le boulot chez le juge, je passe la soirée avec mes copines. Ne m'attends pas si tu es fatigué... Salut les hommes !
Peut-être alors Indépendance, accompagnée de Scholastique et de Bibiche, va-t-elle rencontrer chez Atza ou ailleurs un couple formé de Tina et de Julius qui parleront art photographique, probablement.
Ou peut-être pas...
Ah oui, encore une chose : le juge Delvoye vient d'offrir un tout nouveau tablier à Indépendance. En dentelles de Bruges, s'il vous plaît ! (« C'est joli, mais ça gratte », a fait Indépendance avec son grand sourire.)
À suivre donc...

Dans la collection *Noir Corbeau*

Francis Groff, *Morts sur la sambre*, 2019.

Ziska Larouge, *La grande fugue*, 2019.

Christian O. Libens, *Les seins des saintes*, 2019.

Hors série

Christian Libens, *Une petite histoire du roman policier belge de langue française*, 2019.

Achevé d'imprimer
en avril 2019